于欧洋——著

花令

赏诗词

相思篇

时代文艺出版社
SHIDAI WENYI CHUBANSHE

图书在版编目（CIP）数据

飞花令里赏诗词. 相思篇 / 于欧洋著. -- 长春：
时代文艺出版社, 2024.1
ISBN 978-7-5387-7071-1

Ⅰ. ①飞… Ⅱ. ①于… Ⅲ. ①古典诗歌－诗歌欣赏－
中国 Ⅳ. ①I207.2

中国版本图书馆CIP数据核字(2022)第185077号

飞花令里赏诗词 · 相思篇
FEIHUALING LI SHANG SHICI · XIANGSI PIAN

于欧洋　著

出 品 人：吴　刚
选题策划：刘瑀婷
责任编辑：余嘉莹
装帧设计：任　奕
排版制作：隋淑凤

出版发行：时代文艺出版社
地　　址：长春市福祉大路5788号　龙腾国际大厦A座15层 （130118）
电　　话：0431-81629751（总编办）　0431-81629758（发行部）
官方微博：weibo.com/tlapress
开　　本：880mm×1230mm　1/32
字　　数：226千字
印　　张：7.75
印　　刷：三河市万龙印装有限公司
版　　次：2024年1月第1版
印　　次：2024年1月第1次印刷
定　　价：46.80元

图书如有印装错误　请寄回印厂调换

创造属于你的诗意

邵鸿雁

中国被称为诗的国度，古典诗词是中华民族优秀文化瑰宝中最绚丽夺目的门类之一。一首首脍炙人口的经典作品如一颗颗明媚灿烂的珍珠散布在文学长河中。阅读、欣赏、领会这些琳琅满目的珠玉之美，既是传承和发扬民族传统文化的题中之意，也是丰富心灵、纯粹情操的有效方式。

然而，古典诗词是千百年前的古人创作的，时代差异导致理解上的困难，一道屏障阻隔我们进入诗词的世界。"墙里秋千墙外道，墙外行人，墙里佳人笑。"我们都希望找到一扇门，推开那扇门，进到诗词的世界里去。那么，赏析诗词有没有门径可循呢? 这里谈些体会，既非独到，也不高深，更算不上指示门径，只因从甘苦中得来，对于本书读者或有些许启发。

把握抒情特质　走入情感世界

古典诗词抒情性这个特质要牢牢把握。《诗大序》说："诗者，心之所之也，在心为志，发言为诗，情动于中而形于言。"古人认为诗歌就是把心中涌动的思想感情用语言表达出来。试看古代诗歌的两大源头《诗经》和《楚辞》，前者多清新婉约之情，后者多宏阔深沉之情。从这两汪情感的泉眼中流淌出汩汩不绝的泉水，涨饱了整条中国诗史的长河。古典诗词中有太多浓得化不开的骨肉情、朋友情、师生情、男女情、家国情……《文心雕龙·知音》说："夫缀文者情动而辞发，观文者披文以入情……世远莫见其面，觇文辄见其心。"通过诗词我们就能够进入古人的心灵世界，感受他们的悲欢离合。

那么，怎么通过诗词进入古人的情感世界呢？粗略说来，可以分两步走。

诗词是语言艺术，第一步要能够准确理解诗词的字面含义。这看起来不太难，但要做到却不容易，因为古今语言文字含义变迁很大，在深处是生活方式等的巨大差别。举一个小例子，李白的《静夜思》家喻户晓，三岁小儿也能成诵，那么该诗第一句"床前明月光"中的"床"指什么呢？据说有五种解释，一是睡床，二是胡床（一种折叠椅），而这两种说法都不太准确，坐具也好，卧具也好，都设在室内，与下文"举头望明月"并不吻合。另外三种解释都和水井有关：一种认为是井栏（此说目前比较通行），井栏是位于井口周围的护栏；一种认为是轱辘架，位于口之上，是打水装置；还一种认为是井床，这是水井口周围一圈经过铺木板或砌砖石等硬化处理的地面。因水汽蒸发和打水漏洒等原因，井床总是湿漉漉的，秋冬之时易结霜，因此诗人看到白月光照在井床，"疑是地上霜"。这个解释或许更为可靠，但还不能说是确定无疑。你看，一首最通俗易懂的诗，一个最常用的字，尚且会有这么多"麻烦"，何况其他呢？解决字面含义的问题没有别的方法，只有保持警惕，不望文生义，勤查资料。

字词层面的障碍扫除之后，就进入下一步骤。诗是抒情的，那么情感从何而来呢？古人说人之性与情好比水与波，水遇风起波，性因外界触动而发为情。情由境生，只有了解诗人创作时的处境，才能更准确地理解诗中的思想感情。这就是孟子说的"知人论世"："颂其诗，读其书，不知其人可乎？"（《孟子·万章下》）赏析诗词离不开了解诗人生平经历。古人传情达意有时非常含蓄，以至于仅从字面上完全看不出来它的真正含义。最著名的一个例子，是唐代诗人朱庆馀的《闺意献张水部》："洞房昨夜停红烛，待晓堂前拜舅姑。妆罢低声问夫婿，画眉深浅入时无。"从字面上看，这是一首闺阁艳诗。只有联系创作背景，我们才知道它和男女之情无关，而是诗人在进士考试前怀着忐忑不安的心情向主考官张籍的呈情之作。此诗妙就妙在将考生紧张、忐忑、兴奋、期待的心情比作马上要见公婆的新妇的心情，曲尽其妙。难怪宋人洪迈评价它达到了"状难写之景，如在目前；含不尽之意，见于言外"的境界。

多种解读方式　丰富作品意蕴

不论时空如何远隔，人类的情感可以共通，我们读诗词常深受感动。不过产生同一种情感的境况又各不相同，我们不能停留在表层的共情，还要深入到诗人的内心之中，去理解和体会诗人的感情，从而扩展了自己的心胸。创造了这些艺术的生命虽然已经远去，但我们读他们的作品还能感到他们生命的温度，屈原的悲愤、陶渊明的冲淡、李白的激扬、杜甫的沉郁、苏轼的旷达、李清照的婉约……这些都只就他们突出的个性而论，实际上每一个人都非常复杂。诗词背后是这一个个独特而有高度的生命，不了解这些绽放的生命，不能真正理解古典诗词。

但以上论述也容易给人造成一种误解，以为读诗最重要的是了解诗人是在什么样的情境中创作了作品，作品中又包含着他们什么样的情感。不错，理解诗人的意图确实很重要，但不是理解诗歌的唯一标准，更不是诗歌赏析的目的所在。由于年代久远，资料匮乏等种种原因，我们经常无法复现诗人创作的情况，追溯诗人彼时的情感，于是对于一首诗词的含义众说纷纭。这种客观上消极无奈的局面实际上包含着积极价值，它往往为理解诗歌打开更广阔的意义空间。下面也举一例来申明这层意思。

李商隐《锦瑟》："锦瑟无端五十弦，一弦一柱思华年。庄生晓梦迷蝴蝶，望帝春心托杜鹃。沧海月明珠有泪，蓝田日暖玉生烟。此情可待成追忆，只是当时已惘然。"这首诗语言绮丽、意象华美，历来唱诵不绝。然而此诗写得迷离惝恍，究竟在写什么呢？论者争讼不息，如梁章钜所说："李义山诗开卷《锦瑟》一篇，言人人殊。"主要解释就有三种之多。

第一种是"悼亡说"。悼念的对象又有两种不同猜测，有人（宋刘攽，明胡应麟，清周珽等）认为悼念对象是李商隐恩主令狐楚家的一个青衣（或小妾）；也有人（清钱良择、查慎行、程梦星等）认为悼念的对象是妻子王氏。作为悼亡之作，诗人追忆团聚之"年华"，惆怅今日之"惘然"，杜鹃泣血，明珠含泪，哀伤之情笼罩全篇。

第二种是"自况说"。这一派拥趸甚多，如清何焯、黄子云、宋翔凤、梁章钜、汪辟疆，今人刘学锴、余恕诚也认同此说。自况说认为"此篇乃自伤之词，骚人所谓美人迟暮也"（何焯）。"无端五十弦"说是忽然到了五十迟暮之年，诗人追"思华年"，少有才名，中进士，入仕途，都如梦一场（"晓梦"），坎坷至老，壮志（"春心"）不酬，恍如隔世（"托杜鹃"）。诗人自负有珠玉之珍，然珠遗沧海，玉埋蓝田，不得见重于世。珠玉毕竟不是凡物，终能光耀海面、气腾川表，光彩发而为辞章（诗歌）。结尾二句表达回顾一生的无限哀伤与惆怅。

第三种可称为"诗艺说"。论者因宋版李商隐诗集以此诗冠首，认为此诗相当于一篇序言，是诗人对自己诗歌写作进行的总结。这一看法在清代有程湘衡、姜炳璋等人提倡，经现代著名学者钱锺书阐释而广为人知。

除以上三种理解外，还有一些解释也不能说没有道理。如宋代一些人认为它就是一首咏锦瑟的诗。诗中间两联最唯美，最难解。苏东坡认为《古今乐志》上记载锦瑟"其声也适、怨、清、和",这四句诗分别描绘了锦瑟的这四种曲风。此说是否真为苏轼提出尚有疑问,但这个解释很流行,宋方回、明王世贞都认可。咏物说之外,又有政治说。清方文辀认为此诗是"伤玄宗而作",吴汝纶则认为是"感国祚兴衰",历史学家岑仲勉也认为"此诗是伤唐室之残破,与恋爱无关"。上述几种说法,真如乱花迷人眼。可以说从宋代到现代,人们读这首诗读了一千年,还没有读出一个确凿无疑的含义来。

或者,换还一个角度看,这些解释都是有价值的。至于你更认同哪一种解读,不妨自便。即便起李商隐于地下,他对你坦陈写作初衷,你也完全可以不认同而主张另一种含义。对于今天的大部分读者来说,真正重要的,不是李商隐想要表达什么,而是我们能够从中得到什么。梁启超说:"义山的《锦瑟》《碧城》《圣女祠》等诗,讲的是什么事,我理会不着。……但我觉得她美,读起来令我精神上得一种新鲜的愉快。须知美是多方面的,美是含有神秘性的,我们若还承认美的价值,对于此种文字,便不容轻轻抹煞。"

诗是美的。一首诗一旦写出,就获得了属于它自己的生命和意义,一代又一代读者的阅读和解释,使得它生气更加蓬勃,意蕴更加丰厚。对古典诗词的理解和领会,不等于重建作者的原意,而是丰富作品的意蕴。普通读者也在参与创造作品的意义。阅读古典诗词,不是完全被动的行为,而同时包含着积极的创造。

那么,朋友,请翻开这本小书,去创造属于你的诗意吧。

目 录

003

【人】

俱似大道，妙契同尘。
离形得似，庶几斯人。

浣溪沙

［宋］苏 轼

细雨斜风作晓寒，淡烟疏柳媚晴滩。入淮清洛渐漫漫^①。
雪沫乳花浮午盏^②，蓼茸蒿笋试春盘^③。
人间有味是清欢。

【注释】

① 淮、洛：淮，指淮河。洛，即洛河，源出安徽定远西北，北至怀远入淮河。
② "雪沫"句：意为午间品茶。宋范成大《寄题西湖并送净慈显老三绝》："中秋月了又黄花，卯后新醅午后茶。"午盏，即午茶。
③ 蓼茸：蓼菜嫩芽。春盘：旧俗，立春时用蔬菜、水果、糕饼等装盘馈赠亲友，以表达迎接春天的美好寓意。

【鉴赏】

苏轼（1037—1101），字子瞻，号东坡居士，眉州眉山（今四川眉山市）人。苏轼于宋仁宗嘉祐二年（1057年）进士及第，此后相继在凤翔、杭州、密州、徐州、湖州等地任职。宋神宗元丰三年（1080年），他因"乌台诗案"被捕入狱，多亏宋太祖赵匡胤登基时曾定下不杀士大夫的国策，才侥幸逃过杀身之祸，被贬为黄州团练副使。元丰七年，宋神宗又手谕令苏轼从黄州迁往汝州。据《宋史》记载，当时神宗皇帝认为其"人材实难，不忍终弃"，这种迁移虽然并非升职加官，但从皇帝的言语中可见，此时君王对他的态度已见回转，故而此时苏轼的心境应该是较为轻松愉悦的。

这首词的正文前原有一段题记："元丰七年十二月二十四日，从泗州刘倩叔游南山。"当时，苏轼已经历了朝野种种，词人心态也在悄然发生着变化。是年岁暮，当苏轼行至泗州（今安徽泗县），便上书朝廷，自请辞官退养。在迁移途中，苏轼与友人刘倩叔同游南山，作词以纪游。这首词就是在这种背景下创作而成的。

词的上阕写景，采用白描手法，为读者勾画出一幅淡雅的烟雨微濛的初春景致，细雨斜风，乍暖还寒，新柳朦胧，春江渺渺，"媚"字"晴"字，都极富动感地传达出作者愉悦的心情。词的下阕叙事抒情，记述了词人悠闲的生活场景和心理感受：中午时分，雪沫盏茶，山野鲜蔬，闲适旷达！人们常说苏轼是一位货真价实的美食作家，喜爱美食的他甚至写了一篇《老饕赋》，为自己的好吃亲下定论。赋中"倒一缸之雪乳，列百柁之琼酥。各眼滟于秋水，咸骨醉于春醪""响松风于蟹眼，浮雪花于兔毫"等句，与这里的"雪沫乳花浮午盏"句，相较一看，便知出自一人之手笔。

"人间有味是清欢"是全词的词眼，即便是没有读过这首词的读者，想必也对这句颇感熟悉。苏轼生性率真豁达，好呼朋唤友、饮酒品茗，仕途失意后更寄情山水，足迹遍布南北。"清欢"一词出自唐人冯贽的《云仙杂记·少延清欢》："陶渊明得太守送酒，多以春秋水杂投之，曰'少湮清欢数日。'""清欢"意为清雅恬适的生活乐趣，简单的两个字中，带着轻逸的审美感受和淡淡禅隐之味。佛家认为"众生皆苦"，只有超脱世俗欲望，才能回归本心，实现真我。"清"是一种境界，一种追求。台湾散文家林清玄先生在他的散文中写到人们为何要追寻"清"的境界，因为"当一个人以浊为欢的时候，就很难体会到生命清明的滋味，而在欢乐已尽，浊心再起的时候，人间就越来越无味了"。

当苏轼远离朝堂争斗，世俗名利，回归山野生活，他终于寻找到了心中真正的"清欢"。得意时不放纵，失意时不气馁，知足常乐，静守本心，若以此视之，"清欢"的确是一种理想的精神境界。

唐多令·惜别

［宋］吴文英

何处合成愁？离人心上秋①。纵芭蕉、不雨也飕飕②。都道晚凉天气好，有明月，怕登楼。

年事梦中休③，花空烟水流。燕辞归、客尚淹留④。垂柳不萦裙带住⑤，漫长是，系行舟。

【注释】

① 心上秋：拆字法，"心"上加"秋"字，即合成"愁"字。

② 飕飕：形容风雨声。这里指风吹蕉叶的声音。

③ 年事：指岁月。

④ "燕辞归"句：化用曹丕《燕歌行》："群燕辞归鹄南翔，念君客游多思肠。慊慊思归恋故乡，君何淹留寄他方。"客，作者自指。淹留，即停留。

⑤ 裙带：此处代指离人。

【鉴赏】

  南宋词人吴文英（约 1212 年—约 1272），字君特，号梦窗，晚年又号觉翁，四明（今浙江宁波）人。正史无传，关于其生平的考察多来自于诗文散记等零星记录。他于科举之路上尝尽艰难，终身未第，常年游幕四方，漂泊不定，但其行踪所至，常有题咏，因此为后世留下了不少珍贵的文学遗产。现存有《梦窗词集》一部，存词三百四十余首，更有"词中李商隐"的赞誉。《四库全书总目提要》："词家之有文英，亦如诗家之有李商隐。"吴文英的词作"精于造句，超逸处则仙骨珊珊，洗脱凡艳。幽索处，则孤怀耿耿，别缔古欢"（陈廷焯《白雨斋词话》），像这首《唐多令》这般着笔简洁明快、情调伤感清雅的作品实属难得，故而细细读来，更别有意趣。

  这首《唐多令》叙写的是羁旅异乡，思怀离人的悲愁情状。

词的开篇，设问立意。"何处合成愁？离人心上秋。"字谜似的一问一答，立即点明了全篇基调。从字面看"愁"字是由"秋""心"二字组成，词人信手拈来，涉笔成趣，笔法巧妙又无矫柔造作之感。这种拆字手法根据汉字的结构特点，将一字分成几个字，组成词语，暗寓此字。这是一种十分机巧又很见作者文学功力的写作手法，在古代歌谣中偶能一见：李白的《永王东巡歌》"海东山青古月催"句中的"古月"就是"胡（胡人）"字的拆字；乾隆帝作《农耕好》诗"催耕布谷鸣林曲，辰吉相将事力田。井井鳞塍来馌女，子牵童抱绕身边。"首句的最后一个字"曲"，次句的第一个字"辰"，合起来就是繁体的"農（农）"字，正合诗意；而唐人严维的《丹阳送韦参军》诗中"丹阳郭里送行舟，一别心知两地秋"两句里的"心秋"二字放在一起是一个"愁"字，和本词这句"离人心上秋"有异曲同工之妙。清秋时节，夜半时分，月悬高天，风吹芭蕉，此情此景，最易伤情。"愁"字萦心，芭蕉、明月，都显得格外凄凉。秋为岁末，更容易使人产生迟暮之感，叹息年光过尽，往事如梦，而词人的青春就在这日复一日的漂泊中怅然逝去。"燕辞归、客尚淹留。垂柳不萦裙带住，漫长是，系行舟"数句，抒发词人客居他乡，心中孤独寂寞的感叹。"燕辞归"化用的是曹丕《燕歌行》"群燕辞归鹄南翔"的辞意，言秋凉入心，家乡遥远，感慨自己不知何时才能回到家乡。眼前的"垂柳"不是新绿，是条条萦怀衰枝，柳丝绵长，裙带绵长，相思绵长，丝带缠绕，情思缠绵，物我如一，形象生动。伊人远去，而"我"不能随行，还要羁旅异乡，独自孤零，愁上添愁。

陈廷焯《白雨斋词话》中对吴文英词的评价最为中肯："沈伯时云：'梦窗深得清真之妙，但用事下语太晦处，人不易知。'其实梦窗才情超逸，何尝沉晦。梦窗长处，正在超逸之中，见沉郁之意，所以异于刘、蒋辈，乌得转以此为梦窗病。""若梦窗词，合观通篇，固多警策。即分摘数语，亦自入妙，何尝不成片段耶。总之，梦窗之妙，在超逸中见沉郁，不及碧山、梅溪之厚，而才气较胜。"

回乡偶书二首·其二

［唐］贺知章

离别家乡岁月多，近来人事半消磨①。
惟有门前镜湖水②，春风不改旧时波。

【注释】

① 消磨：逐渐消失、磨灭。
② 镜湖：湖泊名，在今浙江绍兴会稽山的北麓。

【鉴赏】

贺知章（659—约744），字季真，越州永兴（今浙江杭州萧山区）人。他年少时即以诗文知名乡里。唐武后证圣元年（695年）科举及第，并高中状元，他是浙江历史上第一位有史可查的状元。贺知章于三十岁步入仕途，此后大半人生都在朝中任职。唐玄宗天宝三载（744年），年逾八旬的贺知章因病恍惚，上疏求还乡里，并于是年病逝于家乡。《回乡偶书二首》就是贺知章于晚年辞官还乡后写作的一组诗作。此时他离开家乡、仕宦在外已有五十余年。人生易老，世事沧桑，诗人提笔写下这组诗作，旨在抒发久别后回乡的亲切感和物是人非的心境。

此处所选第二首可看作是第一首诗的续篇。诗人离家日久，只能通过与亲朋的交谈中获知多年来家乡人事的种种变化，在叹息自己久客他乡、伤感年老迟暮之余，不免发出物是人非、人事无常的慨叹。"离别家乡岁月多"和前诗"少小离家老大回"相似，看似语义重复，实则这正是诗人一切复杂感情的缘起。正是因离家日久，才有"人事消磨"的感叹。三、四句笔锋回转，虽然回乡后慨叹良多，但诗人并没有让自己身陷这种情绪中不能自拔，而是通过对故乡旧时景致的描写，找寻到自己内心深处对"家乡"的认同。虽然一别数十个年头，但早年记忆中的镜湖依然静卧在老屋门前，四围春色如日，湖水碧波如日。诗人独立镜湖之畔，虽有"物是人非"之感涌上心头，但也从不变的水波中得到了归家的安慰。这里"不改"是"半消磨"反衬，更是自喻，也与前诗"乡音未改"相互照应。

我们在解读诗人诗作时，常常能见到"国家不幸诗家幸"，人生不平诗赋成的例子，像贺知章这样生逢盛世，状元及第，仕途平坦，功成身退，长寿终老的诗人，其实非常罕见。在他的诗作中，很难见到李白似的怀才不遇，杜甫似的沉郁悲凉，李贺似的压抑彷徨。他喜欢"碧玉妆成一树高，万条垂下绿丝绦"（《咏柳》）的清新，欣赏"稽山云雾郁嵯峨，镜水无风也自波"（《采莲曲》）的安逸，歌咏"青阳布王道，玄览陶真性。欣若天下春，高逾域中圣"（《奉和御制春台望》）的盛世太平。直到晚年写作的这两首《回乡偶书》，才透露出垂暮老人的遗憾感伤。

《回乡偶书》的第一首"少小离家老大回，乡音未改鬓毛衰。儿童相见不相识，笑问客从何处来"传颂度要高于此诗，不过作为一个整体，这两首诗感情自然、真挚，语言朴拙无华，这种希声之大音，无形之大象，更能在不知不觉之中将读者带入诗的意境。"人皆知气象开展、音节宏亮为盛唐，不知盛唐中有如此淡瘦一种，却未尝不是高调。"清人刘宏煦在《唐诗真趣编》中的评语，最切真意。

古诗十九首·其一

[东汉] 佚 名

行行重行行①，与君生别离。

相去万余里，各在天一涯。

道路阻且长，会面安可知。

胡马依北风②，越鸟巢南枝③。

相去日已远，衣带日已缓④。

浮云蔽白日，游子不顾返。

思君令人老，岁月忽已晚。

弃捐勿复道⑤，努力加餐饭。

【注释】

① 行行重行行：行而不止，也暗示路途遥远。重，又。

② 胡马：西北地区的马。

③ 越鸟：南方的鸟。越，即古代南方沿海的越国。

④ 缓：宽松。有别于"轻衣缓带"，这句意思是词人因日久相思，所以身形消瘦。

⑤ 弃捐：抛弃，放下，弃置

【鉴赏】

　　南朝梁昭明太子萧统从传世的无署名古诗中选录了十九首编入《文选》，故成《古诗十九首》。这十九首诗是乐府民歌文人化的典型代表，在文学史上地位超然，刘勰更誉其为"五言之冠冕"（《文心雕龙》）。所选诗是《古诗十九首》中的第一首，研究者一般认为这是汉代的一首文人五言诗，在久远的流传过程中遗失了作者的姓名。全诗描写了在东汉末年动荡岁月中一名女子对远行在外丈夫的深切思念之情，是一首相思乱离之歌。

　　"行行重行行，与君生别离。"诗歌的一开篇就交代了事情的起因，是一场爱人之间活生生的分离。在这里，诗歌连续用了四个"行"字，不但表现了行走很远，更强调表现行走很久，既有空间，又有时间，这种反复的吟唱更加深了离别的悲苦。叠词手法的运用始于上古乐歌，使诗歌呈现出复沓的音律之美，更是深沉情感的浓墨渲染。这两句其实是女子对丈夫远行情状的追忆，作为全诗的诗眼，总领下文。"相去万余里，各在天一涯。"意思是两人各在天的一方，相距遥远，当然见面就难。承接"行行重行行"的语义，言明距离之远，于是就有了"道路阻且长，会面安可知？"的叹问。东汉末年，战争频繁，社会动荡，路途遥远，交通困难，往往生离即相见无期，宛如死别。"胡马依北风，越鸟巢南枝。"古时称北方少数民族为胡，此处"胡马"泛指北方的马。越，指南方百越，先秦古籍中对长江以南沿海一带族群常统称之为"越"，后世文献上也称之为百越、诸越。此处"越鸟"泛指南方的鸟。这两句托物寓意，仿佛是女子在对远行之人说："你看，北方的马，南来的鸟，都会依恋故土。鸟兽尚且如此，何况是人呢？"这是女子对远行之人的寄语，希望游子在外时能够时常想念故乡，想念家中的亲人。

那么家中之人又是怎样一种情形呢？"相去日已远，衣带日已缓。""缓"即宽松，意思是说，分离的时间久了，我因思念而日渐消瘦，衣带也就愈来愈松。这是女子的自我剖白，是苦苦相思的无声倾诉。"浮云蔽白日，游子不顾返"，远行之人离家日久，可能还久无消息，女子在日日思念中，开始陷入复杂的苦痛彷徨，乃至于猜测疑虑。愁苦不得排解，于是从心底发出"思君令人老，岁月忽已晚"的慨叹，同时也暗喻女子青春易逝、红颜迟暮的悲伤。尽管有无尽相思，有猜疑焦虑，但深沉的情感还是让人始终惦念着远方的爱人，距离遥远且日子久长，与其憔悴自弃，不如好好爱惜保重身体，为来日团圆留一丝美好的希望。

宋人陈绎在《诗谱》中评价此诗："情真、景真、事真、意真。"这种淳朴的民歌风格，将相思别离之苦于字里行间层层深入，正是这首诗具有永恒艺术魅力的原因所在。

长 相 思

［南唐］·李 煜

一重山^①，两重山。山远天高烟水寒^②，
相思枫叶丹。
菊花开，菊花残。塞雁高飞人未还^③，
一帘风月闲^④。

【注释】

① 重：量词。层，道。
② 烟水：雾气蒙蒙的水面。
③ 塞雁：塞外的鸿雁。大雁为候鸟，每年按季节迁徙，古人常以之作比，表达自己对异乡亲人的思念。
④ 帘：帷帐，帘幕。

【鉴赏】

　　李煜（937—978），初名从嘉，字重光，号钟隐、莲峰居士，生于金陵（今江苏南京），南唐元宗李璟第六子，南唐最后一位君主。李煜的词，前期缠绵悱恻，而其亡国后词作则意境深沉，风格别树一帜，对后世影响极其深远。《长相思》调名取自南朝乐府"上言长相思，下言久离别"句，多描写男女相思之情，故又名《相思令》《双红豆》《吴山青》《山渐青》《忆多娇》《长思仙》《青山相送迎》等等。这首《长相思》是李煜前期的作品，全词叙写了思妇在寒凉秋日里思忆离人，失望伤心的凄苦心绪。

　　全词几乎句句写景。上阕描写了一幅旷远的群山秋色图，读者仿佛化身思妇，目光跟着文字架构的镜头缓缓移动，视野从重重山峦开始层层放大，直到一个层峦迭宕、天高浩远、寒江朦胧的大全景。远山重重，是离人与思妇之间的阻隔重重；烟水寒凉，是思妇心头涌上的阵阵寒意。看似不写情，却字字是情。这种"一……，两……"句式结构，带来一种层次递进又循环往复的节奏感，让读

者随着词人的视线缓缓移动，进一步深入词境，融入情感。李煜很擅长这样的表达方式，像他在《春江钓叟图题词》中写"一棹春风一叶舟，一纶蚕缕一轻钩"，以数字排比，有着极强极直观的画面感。此阕的最后一句是一个特写——枫叶赤红，是整个灰白水墨画卷中的一抹亮色。时入凉秋，思妇骤然想起，又是一岁过半，可那绵绵的相思之情何日才能终结啊？情语入景语，人亦入画中。

词的下阕以"相思"着笔，重在刻画思妇的心理活动。"菊花开，菊花残"，花朵在眼前开而又落，时间飞快地流逝，但那个她思恋的人又在哪里呢？连塞北的候鸟都陆陆续续开始南迁，她愁绪萦怀，却无法纾解，于是凭帘徘徊，心情焦虑，以至于对帘外风月无边的美好景致也无意赏玩了。

白居易也曾写过一首"闺怨"词，用的词牌也是《长相思》："汴水流，泗水流。流到瓜州古渡头。吴山点点愁。　思悠悠，恨悠悠。恨到归时方休。月明人倚楼。"和李煜的词相比，白词更注重写"人"，字字句句都是忧愁、恼恨，相思无尽；而李煜这首词的最突出的特点是写"秋怨"，只见"秋"不见"怨"，句句写景，景景有情，却又句句不见人貌。李煜的文学造诣之深已不须赘言。

这首词的文字疏朗明净、简洁准确，意象鲜明，境界阔远，景中蕴情，耐人寻味。俞陛云先生评其曰："此词以轻淡之笔，写深秋风物，而兼葭怀远之思，低回不尽，节短而格高，五代词之本色也。"

八月十五日夜湓亭望月

[唐] 白居易

昔年八月十五夜^①，曲江池畔杏园边^②。
今年八月十五夜，湓浦沙头水馆前^③。
西北望乡何处是，东南见月几回圆。
昨风一吹无人会，今夜清光似往年^④。

【注释】

① 昔年：往年，从前。
② 曲江池：在今陕西省西安市东南。杏园在曲江池边，唐代这里是新科进士宴饮游玩之地。
③ 湓浦：即湓江，又名湓水。源出今江西省九江市瑞昌市西南的清湓山，经湓浦口流入长江。水馆：指临水的馆舍或驿站。
④ 清光：清亮的光辉。此处指月光。李白《拟古·其二》："明月看欲堕，当窗悬清光。"

【鉴赏】

白居易（772—846），字乐天，号香山居士，祖籍山西太原，生于河南新郑。唐宪宗元和十年（815年），宰相武元衡遇刺身亡，白居易上表主张严缉凶手，被认为是越职言事。其后白居易又被诽谤：母亲看花而坠井去世，白居易却著有"赏花"及"新井"诗，有害名教，因此被贬为江州（今江西九江）司马。贬谪江州是白居易仕途上的重大失意事件，本来是"春风得意"的朝中显贵，忽然远谪异地，心中自然有说不尽的落寞凄凉。这首诗便是在这样的现实背景下创作而成的。

诗歌的题目其实已经将这首诗的写作时间（中秋夜）、地点（湓江江畔亭中）、起因（望月有感）交代清楚。

一、二句回忆往事：想当年的中秋之夜，在热闹非凡的曲江池畔、杏园之中，觥筹交错，意气风发。三、四句笔锋一转，同样是八月十五中秋夜，然而今年却只能在凉风瑟瑟的"溢浦沙头水馆前"的失意落寞。繁华的过去对照如今的凄冷，由此形成了昔今处境的强烈反差。

曲江池在秦时称"宜春苑"，汉时称"乐游原"，因内里有河水水流曲折，故称曲江池；隋文帝认为曲名不正，改其名为"芙蓉园"；唐时又更名为"曲江汉书"；唐玄宗开元年间，重新修整，成为当时著名的节日游赏胜地。杏园是曲江池苑中一处景观，唐时是新科进士举行"探花宴"的地方，故而唐人认为杏花是春风及第之花。唐代皇帝常在曲江池畔举行宴会，宴请新科进士们，称为"探花宴"。宴后，由一位书法漂亮的进士，把大家的名字题在大雁塔下的石碑上，以后谁当上了高官，就把他黑色的名字改为红色的。在唐代，士子们把参加"曲江探花宴"和"大雁塔题名"看作很高的荣耀。唐德宗贞元十六年（800年），白居易和其他十六人一起考中进士，他是其中最年轻的，为此他曾经非常得意地在诗中写道："慈恩塔下题名处，十七人中最少年。"昔今这种对比被白居易运用在诗中，更为强烈地暗示了自己无法主宰命运的无奈和感伤之情，使全诗在情感表达上显得格外凄凉孤独。

诗的五、六句由时间地点转而直接叙写诗人的行动和心境，重在一个"望"字。白居易生于河南新郑，但此时他所望之"乡"很显然不是故乡，而是西北方那个更为遥远的仕宦之"乡"——长安，字里行间传达出诗人心神的不定和焦虑。结尾诗人再次着笔于"风月"，只是这"风"不是风光无限、和风细雨之"风"，而是凄苦寒凉之"风"，这"月"虽然还是皎白清亮之"月"，然而赏月之人却只能体会到物是人非、孤独清冷。月亮是中国古典诗歌的典型意象之一，"中秋望月"此类题材一般表达物是人非的怅惘痛苦，白居易这首诗也是如此。

淮上与友人别

[唐] 郑 谷

扬子江头杨柳春^①，杨花愁杀渡江人^②。
数声风笛离亭晚^③，君向潇湘我向秦^④。

【注释】

① 扬子江：长江在江苏镇江、扬州一带的干流。

② 杨花：柳絮，轻柔婉转，同柳枝一样，有送别之意。愁杀：愁绪满怀。杀，形容愁的程度之深。

③ 风笛：风中传来的笛声。离亭：驿亭。亭是古代设置在路旁供人休息的建筑，人们常在此送别，所以称为"离亭"。

④ 潇湘：指今湖南一带。秦：指当时的都城长安。

【鉴赏】

　　郑谷（约851—910），字守愚，江西宜春人，唐末著名诗人。他在及冠时开始参加科举考试，但十余年来屡试不第。唐僖宗乾符五年（878年）黄巢起义爆发，广明元年（880年）起义军攻入长安，郑谷仓皇离京，向西逃难。光启三年（887年）郑谷进士及第，正式步入仕途。这首诗的具体写作时间已不可确考，从诗题中分析当是诗人在扬州（即题中所称"淮上"）和友人分手时所作的赠别诗。郑谷的诗作多写景咏物之作，风格清新通俗，此诗不改其风，情感真挚动人，更饶有李白"杨花落尽子规啼""我寄愁心与明月"（《闻王昌龄左迁龙标遥有此寄》）的遗韵。

　　一、二两句即景抒情，"扬子江头杨柳春"点明离别的时间地点是春天的扬子江畔，柳丝轻拂，杨花飘荡，春意盎然。单看此句，画面疏朗晴明，本应给人充满希望之感，然而下一句诗人笔锋一转，却直言"杨花愁杀渡江人"。飘荡的杨花虽然是春天的代表风物，但它给人的感觉是无依无靠、漂泊不定的。此时它在诗人眼中也不是春天的希望，而是漂泊无依的象征，搅动着离别之人纷乱不宁的心绪和天涯羁旅的漂泊之感。美好的杨柳春色，宜人风光，在这里却成了离情别绪的触媒。

三、四两句"数声风笛离亭晚，君向潇湘我向秦"，从江头景色转而记叙离别情景，驿亭宴别，席间吹奏起了凄清怨慕的笛曲。借如泣如诉的笛声倾吐出彼此的离愁，二人在沉沉暮霭中互道珍重，各奔前程。"离亭晚"三字，既言明送别地点，也暗示了送别的时间之久。诗人与朋友依依惜别，久久不忍分开。日薄西山，白昼将尽，一个"晚"字，触动了人们心底的黄昏情结。像"漂泊病难任，逢人泪满襟。关东多事日，天末未归心。夜雨荆江涨，春云郢树深。殷勤听渔唱，渐次入吴音"（《江行》）、"乱离时辈少，风月夜吟孤。旧疾衰还有，穷愁醉暂无"（《端居》）、"十年五年歧路中，千里万里西复东。匹马愁冲晚村雪，孤舟闷阻春江风"（《倦客》），郑谷笔下偶写黄昏日晚，也总是浸润着强烈的感伤失落的色彩。而末句"君""我"对举，"向"字重迭，更为全诗增添了咏叹调一般的深厚情味。

晚唐的社会状况混乱，中央政权的统治力度日渐势微，藩镇混战，民生凋敝，诗人们虽能在艺术上继承发扬唐诗优势，但诗歌内容大多压抑悲观，或忧时忧民，或消极逃避。郑谷这首诗不仅保持了前人音韵谐美、长于抒情的特点，将一唱三叹的抒情巧妙地融汇于情景交融的描写之中。"多情自古伤离别"，更何况在那个书信往来和交通并不十分发达的年代，每一次离别都显得伤魂，满腔惜语最终都化作阵阵笛音，随风散去。

【生】

鸿雁不来，之子远行。
所思不远，若为平生。

赠别何邕

[唐] 杜 甫

生死论交地，何由见一人。
悲君随燕雀①，薄宦走风尘②。
绵谷元通汉③，沱江不向秦④。
五陵花满眼⑤，传语故乡春。

【注释】

① 燕雀：比喻无远大志向或庸俗浅薄之人。《史记·陈涉世家》："燕雀安知鸿鹄之志哉！"
② 薄宦：卑微的官职。风尘：此处比喻纷乱的社会或漂泊江湖的境况。
③ "绵谷"句：意为绵谷本来上合于汉水，是直通长安的地方。绵谷，地名，今四川省广元市利州区。元，始，原本。汉，指汉水。
④ 沱江：即沱水，位于四川省，东入长江。
⑤ 五陵：长陵、安陵、阳陵、茂陵、平陵五县的合称，为西汉五个皇帝陵墓所在地。

【鉴赏】

杜甫（712—770），字子美，自号少陵野老，出生于河南巩县。唐玄宗天宝十一载（752年）十一月，安史之乱爆发，杜甫被动地陷于动乱之中，不得已带着全家开始向西逃难，几经辗转，于唐肃宗乾元二年（759年）年底来到成都。初来成都一无所有的杜甫得到了朋友们的全力资助，在浣花溪畔建起一座草堂，安定下来。

诗题中的何邕就是杜甫在成都的友人之一，他曾写过一首《凭何十一少府邕觅桤木栽》"草堂堑西无树林，非子谁复见幽心。饱闻桤木三年大，与致溪边十亩阴"，以感谢何邕的倾力相助。永泰元年（765年）四月，杜甫最终离开了生活数载的成都，这首《赠别何邕》可能即作于此时。本诗是杜甫赠别诗中的代表作之一，言语间将友人之间生死之交的真挚情谊书写得情深意切，分外感人。然而命运弄人，仕途多艰，诗人自己宛如渺小燕雀在风尘浊世中颠簸，更觉孤寂。

诗歌首联立意，"生死论交地"重点落在一个"地"字，此处意指京城，诗人与友人相识相交皆在京城，回忆旧日团聚时光的同时也照应了后文。"何由见一人"意思是说以往在长安结交的那些朋友们，此时都离散四方，难得再聚，这就更衬托出此刻的凄凉。颔联叙事，说明离别情由。"悲君随燕雀"说可怜朋友"你"仿佛随着那些弱小的燕雀一样在纷乱的世道中沉浮，为了那卑微的小小官职忍受着行旅的艰辛。这既是对朋友的哀悯，也有对自身处境的悲叹。

颈联承上启下，上承"走风尘"之义，说朋友"你"将启程途经绵谷再一路循着汉水北归长安，而我却只能滞留在蜀中——这远离长安的地方。何邕曾任绵谷县尉，此时将赴长安，绵谷地处嘉陵江上游，"通汉"意为通向汉地，暗指何邕赴京。沱江流经成都东部，此时诗人正客居成都，沱江南流入长江，故云"不向秦"。"绵谷""沱江"两条路线，一个通向长安，一个背向长安，是两条完全相反的路线，两句字面上叙述地理，实为表达对何邕赴京的羡慕和自己不得归京的遗憾，也隐喻着二人不同的境遇和前途未卜、不知何时才能再见的离别。如若颈联说的是离别的空间，那么尾联说的就是时间。何邕还京以后，料想我还羁旅在蜀地，来年五陵春光正好的时候，就请向我说一说京城的美好春景，言外之意即是言自己深深的故国之思。

杜甫一生坎坷艰难，生活常常要仰赖友人的资助，在他的笔下有着大量的交往赠酬的诗作，"此别应须各努力，故乡尤恐未同归"（《送韩十四江东觐省》）、"远送从此别，青山空复情。几时杯重把，昨夜月同行"（《奉济驿重送严公四韵》）、"此时对雪遥相忆，送客逢春可自由。幸不折来伤岁暮，若为看去乱乡愁"（《和裴迪登蜀州东亭送客逢早梅相忆见寄》），在他心底对所有的朋友都饱含着真挚的情感，这也使得他写给友人的送别诗往往直达肺腑，尤为撼动人心。

封丘作

[唐]高 适

我本渔樵孟诸野^①，一生自是悠悠者^②。
乍可狂歌草泽中，宁堪作吏风尘下^③。
只言小邑无所为^④，公门百事皆有期^⑤。
拜迎官长心欲碎，鞭挞黎庶令人悲。
归来向家问妻子，举家尽笑今如此。
生事应须南亩田^⑥，世情付与东流水。
梦想旧山安在哉，为衔君命且迟回。
乃知梅福徒为尔^⑦，转忆陶潜归去来。

【注释】

① 孟诸：古大泽名，在今河南商丘东北、虞城西北。高适自号"孟渚野老"。

② 悠悠：指从容自然的样子。

③ 风尘：纷扰的现实生活环境，此处指宦途、官场。

④ 小邑：小县城。

⑤ 公门：官署、衙门。期：期限。

⑥ 南亩田：谓农田。南坡向阳，利于农作物生长，古人田土多向南开辟。陶渊明《癸卯岁始春怀古田舍·其一》："在昔闻南亩，当年竟未践。"

⑦ 梅福：字子真，九江郡寿春（今安徽寿县）人，西汉小吏，以谏言直谏而闻名，也因此险遭杀身之祸，后弃官归隐，民间赞赏其高风亮节，为期修祠以祭祀。

【鉴赏】

高适（700—765），字达夫，沧州渤海县（今河北景县）人，唐代著名的边塞诗人之一。他人到中年才步入仕途。唐玄宗天宝八载（749年），高适时年已四十六岁，他为睢阳太守张九皋所荐举，后被授予封丘尉一职，正式开始他后半生的仕宦生涯。他虽有一个比较显贵的出身，但初入仕得到的这个"县尉"之职却仅仅是一个在县令之下、主管治安的小官。任上的这一年，他一方面要履行维护社会秩序的职责，另一方面又不可避免地参与了种种压迫百姓的恶行，这些奉上欺下的经历为他带来了痛苦矛盾的心理挣扎，最终成就了这篇讽喻现实的诗作。

高适的祖父高侃曾经做过安息都护这样的大官，然而高适并没有像一般的"官二代"那样早早入仕。他早年热衷于在乡间务农，隐居乐业，所以他开篇即言"我本渔樵孟诸野，一生自是悠悠者"。这样逍遥自适的山野生活和下一句"作吏风尘下"形成了鲜明的对比，而这正是诗人的第一重心理矛盾。

"只言"以下四句，是对"作吏风尘下"的进一步申诉，当初只以为县邑小官，闲职一个，谁知一进公门，除了种种令人厌烦、约束人不得自由的公务琐事，还有"拜迎长官""鞭挞黎庶"时的难堪，这对原本"狂歌草泽"隐士高人一般的诗人而言简直是莫大的屈辱。"心碎""可悲"不仅写出来诗人洁身自爱的个人操守，也反映了当时政治的腐朽黑暗。这是诗人的第二重矛盾。

一腔苦闷实在难以自抑，只好向家人倾诉，但妻室儿女却都不把这些事放在心上，反而认为是诗人自己不合时宜，大惊小怪。满心苦闷却又无人理解，于是诗人昔日的田园梦又涌上心头，"生事应须南亩田，世情尽付东流水"，诗人不禁生出归隐之心，世情烦扰，不如回归田园。这是矛盾的第三重。

想是这样想，现实中真能如此吗？诗人眼前的现实还是思归而不得归，既然受命为官，一时又还不能任性地甩手离职。他也想要积极努力，做一些实际有用的工作，然而一个小小的县尉毕竟人微言轻，又能改变什么呢，最终也只能如汉代的南昌尉梅福一样，虽竭诚效忠，直言敢谏，但屡次上书言事，险遭杀身之祸，结果还是徒劳无功。全诗的最后一句"乃知梅福徒为尔，转忆陶潜归去来"，晚清词人赵熙在《唐百家诗选》中对此二句有批语云："浑灏流转，常侍独擅之长。"诗人落笔于不为五斗米折腰的陶渊明，既是对田园生活的向往，又是一种无可奈何的自我安慰，这是矛盾的第四重。

全诗四段，始终围绕着"不堪作吏"这一主题，将理想与现实之间的复杂矛盾层层深化，又前后照应。结构严整而又有波澜起伏，感情奔泻而又有跌宕之姿，既有历史的广度，又有现实的深度。

长 歌 行

［汉］佚 名

青青园中葵^①，朝露待日晞^②。
阳春布德泽^③，万物生光辉。
常恐秋节至，焜黄华叶衰^④。
百川东到海，何时复西归？
少壮不努力，老大徒伤悲。

【注释】

① 葵：蔬菜名，中国古代重要蔬菜之一。李时珍《本草纲目》说："葵菜古人种为常食，今之种者颇鲜。有紫茎、白茎二种，以白茎为胜。大叶小花，花紫黄色，其最小者名鸭脚葵。其实大如指顶，皮薄而扁，实内子轻虚如榆荚仁。"

② 晞：晒干。《诗经·秦风·蒹葭》："蒹葭萋萋，白露未晞。"

③ 阳春：露水和阳光都充足的时候。

④ 焜黄：形容草木凋落枯黄的样子。

【鉴赏】

　　乐府是自秦以后设立的朝廷音乐机关，其任务之一就是采集和整理民间乐歌。汉武帝时大规模扩建了乐府机构，从民间搜集了大量的诗歌作品，内容丰富，题材广泛。《长歌行》是以"长声歌咏"为曲调的自由式歌行体，是乐府的常见体裁。所选的这首诗就是其中一首非常有代表性的咏叹人生的乐府古歌。唐人吴兢作《乐府古题要解》时阐释此诗时说："言荣华不久，当努力为乐，无至老大乃伤悲也。"

　　诗歌的开篇利用"园中葵"托物起兴。春天的晨光下，园中葵菜青翠欲滴，新鲜的叶片上滚动着点点露珠，在朝阳下闪着光亮。在这样的时节中，不只是园中的葵菜蓬勃生长，整个自然界的万物都在春光、雨露的滋养下生机盎然，闪耀着生命的光辉，一派欣欣向荣的美好景象。诗歌这前四句，既是对春天的礼赞，也是借物喻人，赞美了人的青春年华如春天一样美好。五、六两句，承接前面的"园中葵"着笔。自然界的时序更迭，转眼间春去秋来，园中的菜慢慢变得焦黄枯萎，丧失了活力。"常恐"二字，恐的不仅仅是秋凉叶枯，更是青春的消逝。这是一个不可移易的自然法则，无论我们做什么努力，时光像奔流的江河，一去不复返。而人的生命，也就像叶上的朝露一见太阳就被晒干了，像青青葵叶一遇秋风就枯黄凋谢了，像流逝的江河不会回头。诗歌最后由对世间万物的探寻转入对人生的思考，在"少壮不努力，老大徒伤悲"的慨叹中结束全诗。自然界的万物都有一个春华秋实的过程，人的一生也是一个不断奋斗才有所收获的过程。这首诗并不是心灵鸡汤式的说教，而是用深刻的哲理打动人心，鼓励青年人要珍惜时光，出言警策，催人奋起。

汉乐府古辞多是民间集体创作的作品，其中就有相当比重的五言诗体，这些形式新颖活泼的诗体往往更能够引起文人浓厚的仿效创作的兴趣，沿用乐府旧题写当下时事，抒发个人情感体悟，由是也可以窥见早期五言诗发展的基本轨迹。《长歌行》就是其中一例，如三国魏明帝曹叡"徒然喟有和，悲惨伤人情。余情偏易感，怀罔增愤盈"、陆机"逝矣经天日，悲哉带地川。寸阴无停晷，尺波岂徒旋"、南朝谢灵运"寸阴果有逝，尺素竟无观。幸赊道念戚，且取长歌欢"、沈约"岁去芳原违，年来苦心荐。春貌既移红，秋林岂停箐"、萧绎"人生行乐尔，何处不流连。朝为洛生咏，夕作据梧眠。从兹忘物我，优游得自然"、乃至王昌龄"人生须达命，有酒且长歌"和李白"秋霜不惜人，倏忽侵蒲柳"等唐诗大家也多有拟作，内容各异，但在表达上多继承了汉乐府旧题的情感，流露出光阴易逝，长歌喟叹的伤感。

贾 生

[唐] 李商隐

宣室求贤访逐臣①，贾生才调更无伦②。
可怜夜半虚前席③，不问苍生问鬼神④。

① 宣室：汉代长安城中未央宫前殿的正室。逐臣：被放逐之臣，指曾被贬谪的贾谊。

② 贾生：指贾谊（前200—前168），西汉著名的政论家、文学家，力主改革弊政，提出了许多重要政治主张，但却遭谗被贬，一生抑郁不得志。

③ 前席：意为在坐席上移动膝盖靠近对方。

④ 苍生：指百姓。

【鉴赏】

李商隐（813—858），字义山，号玉谿生，怀州河内（今河南沁阳县）人。唐文宗开成二年（837年），进士及第，步入仕途后因卷入"牛李党争"的政治旋涡，官职低微，长期遭受两派排挤，困顿不得志。关于本诗的写作年代，学界有两种说法：一种认为此诗是李商隐在大中二年（848年）正月受桂州刺史郑亚之命，赴昭州任郡守时所作；另一种说法则认为此诗当于大中二年三、四月间李商隐离开桂林北上后滞留荆巴时期所作。无论哪一种说法，此诗的创作背景都与诗人郁郁不得志的苦闷境遇密切相关。这是一首托古讽今的诗作，作者意在借贾谊的遭遇，抒发诗人怀才不遇的感慨。

贾谊贬长沙，向来是诗人们抒写怀才不遇之感的熟滥题材。但在这首诗中却特意选取贾谊自长沙召回，宣室夜对的独特情节，以叙事见意代替单纯的抒情言志。贾谊少有才名，河南郡守吴公将其招致门下，对他非常器重。在贾谊的辅佐下，吴公治理河南郡，成绩卓著，社会安定，时评天下第一。汉文帝登基后，吴公向汉文帝举荐了贾谊，当时贾谊只有二十一岁。文帝四年（前176年），贾谊受谗言被外放为长沙王太傅。在谪居长沙三年后，贾谊又被文帝征召入京，他在未央宫祭神的宣室接见了贾谊。当时文帝因对鬼神之事有所感触，就向贾谊询问鬼神的原本。贾谊详细讲述其中的道理，一直谈到深夜，汉文帝听得不觉移坐到席的前端。谈论结束，汉文帝说："我很久没看到贾生了，自以为超过他了，今天看来，还比不上他啊。"这首诗讲述的就是这样一个故事。诗人讽刺文帝虚置贤才，却不能识贤，任贤耽于服药求仙，不顾民生疾苦。在寓讽时主的同时，诗中又寓有诗人自己怀才不遇的深沉感慨，这首诗中的贾谊正有诗人自己的影子，既是借讽汉文实嘲唐皇，也是借怜惜贾生自哀身世。

　　用典是古典诗歌中常见的修辞手法，引用古籍中的故事（或词句），可以丰富而含蓄地表达有关的内容和思想，"据事以类义，援古以证今"（刘勰《文心雕龙》）。诗词中有不方便直接叙述的内容，就可借典故来暗示，婉转地道出作者的心声，这就是"据事以类义"；征引前人的言论或故事，用以验证作者的论点，这就是"援古以证今"。像此处所选的《贾生》诗这样，直接议说其人其事的诗作就有如张耒、徐钧的《贾谊》、刘克庄的《杂咏一百首·贾谊》、王安石的《贾生》等十余首。其他征引此典的诗作更是数不胜数，孟浩然的《送王昌龄之岭南》"岘首羊公爱，长沙贾谊愁"、李白的《行路难》"汉朝公卿忌贾生"、白居易的《偶然二首》"汉文明圣贾生贤"、陆游的《送王季嘉赴湖南漕司主管官》"屈原贾谊死有灵"、康有为的《出都留别诸公》"岂有汉庭思贾谊"，等等。"贾谊"典故在唐宋诗词中十分常见，因贾谊才高位卑、惨遭贬谪、仕途坎坷的人生经历，非常容易引起仕途失意的士子们的共鸣。

清 平 乐

[宋] 李清照

年年雪里，常插梅花醉。捼尽梅花无好意①，赢得满衣清泪。

今年海角天涯②，萧萧两鬓生华③。看取晚来风势④，故应难看梅花。

【注释】

① 捼（ruó）：揉搓。

② 海角天涯：本指僻远之地，这里指词人曾生活的临安。

③ "萧萧"句：鬓发华白稀疏的样子。

④ 看取：观察。

【鉴赏】

李清照（1084—约1155），号易安居士，齐州济南（今山东济南章丘区）人。出生于书香门第，早期生活优裕，其父祖辈皆"蚤有盛名，识量英伟"（《宋史·韩琦传》）之士，家中藏书丰富。良好的家庭文化氛围为她打下了坚实的文学基础。出嫁后与丈夫赵明诚琴瑟和鸣，真挚的爱情传为千古佳话。宋钦宗靖康二年、高宗建炎元年（1127年）"靖康之难"发生，金兵入据中原，李清照流寓南方，境遇十分孤苦。建炎三年赵明诚病卒。家破人亡的凄凉境遇使得李清照后期多情调感伤、悲叹身世的作品。这首词是李清照晚年的作品，她借赏梅自喻，感叹自己在饱经沧桑离乱之后，内心无限的难言苦痛。

词的上阕回忆旧时时光。一、二两句回忆词人早年与爱人共赏梅花的生活情景。一个"醉"字，饱沾浓浓的甜蜜回忆，醉的不仅是酒，更是她的青春、爱情和美好生活。三、四句"捼尽梅花无好意，赢得满衣清泪"却没有继续沉浸于往日回忆，生活的坎坷已让人到晚年的她饱尝人世艰辛。此刻，她手捻梅花，心中却涌上无限怅恨。"揉尽"二字，直言把娇嫩脆弱的梅花在手中狠狠揉碎，心底的悲苦难以排遣，只好借此默默宣泄，最终任无数的泪水把衣襟浸透。

词的下阕由忆往昔转向伤今时。"今年海角天涯，萧萧两鬓生华"二句，词人自述如今的生活境遇：国破家亡，爱人病逝，孤苦一人被迫远离家乡，漂泊天涯，再加上生活的折磨使词人憔悴苍老，头发稀疏，两鬓花白。最后两句词人"看取晚来风势，故应难看梅花"，以万分担忧的口吻说出："看取晚来风势，故应难看梅花。"前文的揉尽和此时的担忧又形成了对比。

青春佳偶，人与梅花相映成趣；屡经丧乱，心与梅花零落无依。这首词篇幅虽然短小，却在有限的字句中依次描写了词人赏梅时的不同感受。悔，是词人眼中之物，更是其己身之喻。她"醉"于梅、"泣"于梅、"忧"于梅，三种赏梅感受也代表了词人生活的三个阶段、三种境遇和三重心境。宋人爱梅，梅花对于宋人来说既是一种审美品味，更是一种精神象征。王安石《梅花》、陆游《卜算子·咏梅》、吕本中《踏莎行》、卢梅坡《雪梅》、王十朋《红梅》，咏梅的名作层出不穷。

李清照的这首小令，把个人身世与梅花紧紧联系在一起，在梅花上寄托了人生遭际与缠绵情思，构思甚巧且寄托甚深，深刻地表现了自己早年的欢乐、中年的悲戚、晚年的沦落，对自己一生的哀乐做了形象的概括与总结。

清 明

[宋] 黄庭坚

佳节清明桃李笑，野田荒冢只生愁①。
雷惊天地龙蛇蛰②，雨足郊原草木柔。
人乞祭余骄妾妇③，士甘焚死不公侯。
贤愚千载知谁是，满眼蓬蒿共一丘④。

【注释】

① 荒冢：荒坟。
② "雷惊"句：意为清明早已过了惊蛰的节气，万物正欣欣向荣。蛰，动物冬眠。
③ 祭余：祭祀后留下的酒饭。
④ 蓬蒿：飞蓬和蒿子，借指野草。李白《南陵别儿童入京》："仰天大笑出门去，我岂是蓬蒿人。"丘，指坟墓。

【鉴赏】

黄庭坚（1045—1105），字鲁直，号山谷道人、涪翁，洪州分宁（今江西九江修水县）人，北宋著名文学家、书法家，江西诗派开山之祖。

这首《清明》作于北宋末年的"元祐党争"时期（1086—1094），因王安石变法时，强力推行新政措施，一意孤行，从而形成支持王安石变法的"新派"和反对新政的"旧派"。旧派也被称为"元祐党人"，其中包括大文豪苏轼、司马光等人。旧派失势，黄庭坚因与苏轼交好，受到牵连，流寓江汉。诗人在清明时节，触景生情而写下此诗。

首联是"佳节清明桃李笑，野田荒冢只生愁"。清明本是祭祀先人的"苦节"，诗人却言是春意盎然，桃李芬芳的"佳节"。语称佳节却又不说这节如何欢乐，反而聚目光于"野田荒冢"，愁绪满盈。"佳节桃李笑"和"荒冢只生愁"形成了鲜明深刻的对比。颔联"雷惊天地龙蛇蛰，雨足郊原草木柔"，描写清明时节各种生物的动态情景。春雷声震四方，天地为之惊动，一些冬眠的动物纷纷醒来，润泽的春雨滋养着原野大地，让草木迅速生长萌发出柔嫩的枝芽。

颈联两句，诗人通过"齐人于璠间乞食"和"介子推拒不出仕"这两则与清明节密切相关的典故，将愚人愚行和贤士气节一同展示在读者面前。《孟子·离娄章句下》中有一则寓言："齐人有一妻一妾而处室者，其良人出，则必餍酒肉而后反。其妻问所与饮食者，则尽富贵也。其妻告其妾曰：'良人出，则必餍酒肉而后反；问其与饮食者，尽富贵也，而未尝有显者来，吾将瞷良人之所之也。'蚤起，施从良人之所之，遍国中无与立谈者。卒之东郭璠间，之祭者乞其余；不足，又顾而之他——此其为餍足之道也。其妻归，告其妾，曰：'良人者，所仰望而终身也，今若此。'与其妾讪其良人，而相泣于中庭，而良人未之知也，施施从外来，骄其妻妾。"这则典故说齐国有一人每天出外向扫墓者乞讨祭祀后留下的酒饭，回家后却向妻妾夸耀是富贵之人请自己吃饭，讽刺了那种不顾礼义廉耻，以卑鄙的手段追求富贵利达的人。"士甘焚死不公侯"的故事则讲述了春秋时期，晋国公子重耳为躲避祸乱流亡，大臣介子推始终追随左右、不离不弃。重耳复国后，介子推不求利禄，与母亲归隐绵山，晋文公为了迫其出山相见而下令放火烧山，介子推坚决不出山，最终被火焚而死。晋文公感念忠臣之志，将其葬于绵山，修祠立庙，并下令在介子推死难之日禁火寒食，以寄哀思。

尾联"贤愚千载知谁是，满眼蓬蒿共一丘"。当我们读到前文贤愚两则典故时，诗人并没有咏贤讽愚，而是发出无论是贤者还是愚人，最后不过都是黄土一抔，谁也躲不过死亡的最终宿命。蓬蒿既言墓地荒凉、遍地野草，也暗喻着死者不过都是些平凡普通的"蓬蒿人"罢了，哪来的高下之分呢？

后三联中，大自然中的勃勃生机与人世间不可逃脱的死亡归宿相对照，是对首联"笑与愁"的进一步阐释，抒发了诗人对人生无常的慨叹和对社会不平的愤激。

定 风 波

[宋] 苏 轼

莫听穿林打叶声，何妨吟啸且徐行①。
竹杖芒鞋轻胜马②，谁怕？一蓑烟雨任
平生。
料峭春风吹酒醒③，微冷，山头斜照却
相迎。回首向来萧瑟处，归去，也无风
雨也无晴。

【注释】

① 吟啸：吟咏长啸。
② 芒鞋：草鞋。
③ 料峭：微寒的样子。

【鉴赏】

　　熙宁二年（1069 年），宋神宗启用王安石主持变法改革。苏轼由于与变法派的政见不合，遭受排挤，自请外放。其间，苏轼看到了新法执行过程中的许多弊端，心中极为不满，于是写作了不少讽谏时弊的文章。元丰二年（1079），时任监察御史的何正臣等人上表弹劾苏轼。据传宋御史台因有柏树，上常有乌鸦栖息，故称"乌台"。因这一案件最终在御史台狱受审，所以得名"乌台诗案"。是年，苏轼因此被贬为黄州（今湖北黄冈）团练副使，这是苏轼仕途上遭遇的首次挫折。黄州团练副使官职低微，且无实权，经此一事后，苏轼时常靠出游来排解心中苦闷。元丰五年，苏轼被贬黄州后的第三个春天，词人与朋友再次外出游玩，忽遭风雨，朋友深感狼狈，词人却毫不在乎，泰然处之，吟咏自若，缓步而行。此词正是醉归遇雨抒怀之作。

　　首句"莫听穿林打叶声，何妨吟啸且徐行"，渲染雨骤风狂的糟糕天气，却用"莫听""何妨"二词点明不以外物烦心的豁达。与其被风雨困扰，不如自在徐行，风雨当歌。没有车马又能怎样？苏轼说"竹杖芒鞋轻胜马，谁怕？"当自己拥有平静悠闲的心态时，即使是竹杖芒鞋行走在泥泞之中，也胜过骑马扬鞭疾驰而去的表面风光。在经历了政治上的风雨后，词人终于看淡了"肥马轻裘"的仕宦生活，想要回归到平淡安闲的平民生活之中。七个字包含了两种生活的对比，如此短吟微句却是词人归来半生之悟。这里的"竹杖芒鞋"就是苏东坡典型的平民形象，也是其平民人格的真实写照。是啊，心无挂碍，无欲则刚，又怕什么呢？就让我们"一蓑烟雨任平生"，无论人生中有多少风吹雨打，始终以从容、镇定、达观的心态坦然面对。

　　词的下阕叙写雨后的情景和感受。"料峭春风吹酒醒，微冷，山头斜照却相迎。"一边是春寒料峭的山风，一边是余晖斜照的夕阳，微微冷风和丝丝暖意交融于一身，这既是写景，也是人生哲理的含蓄表达。祸兮福之所倚，福兮祸之所伏，在寒冷中有温暖，在逆境中有希望，在忧患中有喜悦，这就是人生的真实写照。当时过境迁，我们再"回首向来萧瑟处，归去，也无风雨也无晴"。风雨过去，回看之前的风雨萧瑟，过去的事情就是过去了，什么风雨晴天不过幻象。对人生而言，成功失败就像这骤来的风雨，只要心态豁达，就能宠辱不惊。

　　郑文焯在《手批东坡乐府》中评价此词："此足征是翁坦荡之怀，任天而动。琢句亦瘦逸，能道眼前景，以曲笔写胸臆，倚声能事尽之矣。"整首词作文字精炼，意蕴颇丰，一个仕途失意、饱经风雨，但旷达无畏、志行不改的文人形象跃然纸上。

【念】

幽人空山，过雨采蘋。
薄言情悟，悠悠天钧。

燕歌行二首·其一

[三国] 曹 丕

秋风萧瑟天气凉，草木摇落露为霜。

群燕辞归鹄南翔，念君客游思断肠。

慊慊思归恋故乡^①，君为淹留寄他方。

贱妾茕茕守空房^②，忧来思君不敢忘，

不觉泪下沾衣裳。

援琴鸣弦发清商^③，短歌微吟不能长。

明月皎皎照我床，星汉西流夜未央^④。

牵牛织女遥相望，尔独何辜限河梁^⑤。

【注释】

① 慊慊：空虚之感。

② 茕茕：孤独无依的样子。

③ 清商：乐名，清商音节短促，所以下句说"短歌微吟不能长"。

④ 夜未央：夜已深而未尽的时候。古人用观察星象的方法测定时间，初秋傍晚时银河为西南向。星汉西流：银河转向西，表示夜已很深了。

⑤ 尔：指牵牛、织女。河梁：河上的桥。传说牛郎织女隔着天河，只能在每年七月七日相见，乌鹊为他们搭桥。

【鉴赏】

　　燕是西周至春秋战国时期的诸侯国名，辖地约当今北京以及河北北部、辽宁西南部等地区。这里是汉族和北部少数民族接界的地带，秦汉以来就是战争多发的地方，历代统治者都派重兵戍守，筑城防御、转输物资等各种徭役也很多，故而有关燕地的文学作品也多是反映战争徭役之苦等内容。

　　魏文帝曹丕（187—226），字子桓，曹操次子，220年至226年在位。他自幼好文学，在诗、赋等文学领域皆成就斐然，与其父曹操和其弟曹植，并称"三曹"。《燕歌行》是曹丕的代表作之一，是现存最早的形式完整的七言古诗。

诗歌的开头三句运用了传统的借写秋景以抒离别与怀远之情的方法,写出了一片寒凉萧瑟的深秋景象:"秋风萧瑟天气凉,草木摇落露为霜,群燕辞归鹄南翔。"秋风萧瑟,草木凋零,白露凝霜,候鸟南飞,在一片萧条的景色中引出了思妇的怀人之情,映照出她内心的寂寞,凄凉的环境更烘托出后文所叙之事的悲伤。"念君客游思断肠,慊慊思归恋故乡,君为淹留寄他方"三句描写女主人公的心理活动。此时读者面前一个愁云满面、孤寂而又深情的女子出场,她可能正眺望着远方,想象着离家已久的丈夫也在苦苦思念着故乡,又满怀疑问,想知道究竟是什么原因使她的爱人长久滞留在外面无法回家。这是一种借写被思念人的活动以突出思念者感情急切深沉的方法。

接下来五句描写女主人公的生活状态:"贱妾茕茕守空房,忧来思君不敢忘,不觉泪下沾衣裳。援琴鸣弦发清商,短歌微吟不能长。""茕茕""忧思""泪下"从各个角度表现了她生活上的无依和精神上的寂寞。从反向想象丈夫"思归恋故乡"转为写自己"思君不敢忘",日日相思生活变得空虚无聊,于是用抚琴吟唱来排遣寂寞,但唱着唱着又悲从中来。

最后四句,清冷的月光透过帘栊照在女主人公空荡荡的床上。她抬头仰望碧空,见银河流转,夜已经深沉,看到了天上遥遥相望的牵牛织女,你们到底有什么罪过才被这样隔断在银河两边呢?以清冷的月色来渲染深闺的寂寞,以牵牛星与织女星的分离来表现思妇的哀怨,语涉双关,言有尽而余味无穷。

大儒王夫之在《姜斋诗话》中盛赞此诗:"倾情倾度,倾色倾声,古今无两。"曹丕的这首诗把写景抒情、写人叙事。心理描写等巧妙地融为一体,构成了一种千回百转、凄凉哀怨的风格。他不仅记叙了一个女子思恋远行爱人的故事,同时也反映出诗人所亲历的建安年间的社会现实,寄寓了他对百姓疾苦的关心与同情。

浣溪沙

［清］纳兰性德

谁念西风独自凉①？萧萧黄叶闭疏窗②。
沉思往事立残阳。
被酒莫惊春睡重③，赌书消得泼茶香④。
当时只道是寻常。

【注释】

① 谁：此处指亡妻。

② 疏窗：刻有花纹的窗户。

③ 被酒：醉酒。春睡：宋寇准《春睡》："春力着人春睡重，叶底黄鹂鸣自送。"

④ 赌书、泼茶：典出李清照《金石录·后序》。李清照、赵明诚夫妇皆爱好读书，且藏书颇丰。二人常在茶余饭后互相问答典故出处，并饮茶为戏。此事传为佳话，后人常以此形容夫妻之间恩爱和睦。

【鉴赏】

纳兰性德（1655—1685），叶赫那拉氏，字容若，号楞伽山人，满洲正黄旗人，大学士明珠长子。"慧极易伤，情深不寿"应该是对纳兰性德一生的最好总结。他家世显赫，自幼饱读诗书，接受了十分全面的贵族教育。十七岁入国子监，二十二岁进士及第。康熙十三年（1674年），二十二岁的纳兰性德与两广总督卢兴祖之女卢氏成婚。卢氏多才多艺，温婉端庄，二人之间琴瑟和谐，度过了很美好的新婚时光。遗憾的是，仅仅三年后，卢氏就因难产去世，此后在纳兰性德的笔下更多的就是凄怆的悼亡之音。这首词就是纳兰性德为悼念亡妻卢氏所作，道尽了断弦之人心中的无限凄苦。

这首词的上阕叙写妻子亡故后词人内心的孤单凄凉。什么时候最易触景伤情，答案是"秋天"。"谁念西风独自凉？萧萧黄叶闭疏窗。"当萧瑟寒凉的秋风刮起，枯黄的树叶纷纷扬扬，词人关上窗户，想把那触绪神伤的黄叶和悲伤的情绪都隔挡在窗外。如果是在过去，天气凉了，妻子定会督促词人添加衣裳，免得着凉生病，然而今年此时，阴阳两隔，再没有人来嘘寒问暖，独立在空荡荡的屋中，闭窗，其实只是设法逃避痛苦以求得内心暂时的平静。短短数语，混合了太多的矛盾心绪。古典文学中的"西风"一般指秋风，寒凉的秋风，隐喻着肃杀和悲凉的感情色彩。"音尘绝，西风残照，汉家陵阙"（李白《忆秦娥》），尽写历史沧桑；"昨夜西风凋碧树，独上高楼，望尽天涯路"（晏殊《蝶恋花》），感慨光阴易逝；"古道西风瘦马。夕阳西下，断肠人在天涯"（马致远《天净沙·秋思》），寄托身世凄凉。在这里，词人的"西风"则是更贴近李清照笔下"莫道不销魂，帘卷西风，人比黄花瘦"（《醉花阴》）的相思断肠。

词的下阕记追忆往事，回溯婚姻生活中的美好时光。"被酒莫惊春睡重，赌书消得泼茶香"两句是婚姻生活中两段甜蜜回忆：一个是词人在某个春日酒后小睡，酣梦沉沉，温柔的妻子生怕惊扰了他的睡梦，连行动说话都是轻轻悄悄的；第二段记叙夫妻二人曾经像女词人李清照和丈夫赵明诚那样以茶赌书，互相指出某事出在某书某页某行，谁说得准就举杯饮茶为乐，以至乐得茶泼了地，满室洋溢着茶香，平凡的生活充满了诗情雅趣，美满幸福。纳兰性德以赵明诚、李清照夫妇比拟自己与妻子卢氏，不仅是在表明自己对亡妻的深刻爱恋，更是对自己才情双佳的妻子早亡的无限哀伤。然而这些都已经无法挽回，只能把所有的情伤化为一句"当时只道是寻常"。

整首词情景交融，逝者不可复生，心痛难以平复。爱人走了，词人的心也再没回来；妻子走了，留给词人的只剩下对过去美好时光的追忆怀恋。这首悼亡词，句句泣泪，字字深情。

山 中

[唐] 王 勃

长江悲已滞^①，万里念将归^②。
况属高风晚^③，山山黄叶飞。

【注释】

① 滞：停滞，不流通。
② 念将归：有归乡的想法，但却不能成行。
③ 况属：何况是。属，恰逢，正当。
高风：指秋风。

【鉴赏】

初唐四杰之一的王勃（649 或 650—676），字子安，绛州龙门（今山西河津）人。王勃早慧，六岁能文，有"神童"之称。十六岁时进士及第，授职朝散郎。不过不久，他就因参与皇子们的"游戏"而被唐高宗训斥，贬黜。其事见《新唐书·王勃传》："诸王斗鸡，勃戏为文《檄英王鸡》，高宗怒曰：'是且交构。'斥出府。勃既废，客剑南。"王勃离京后，在蜀中客居数年。这首诗是在旅蜀后期创作的作品。当时王勃因写《檄英王鸡》被逐出沛王府，经常在蜀地各处游赏山水名胜，然而诗人毕竟还只是二十岁左右，少不更事的年纪，从天之骄子到流落民间，必然在他心底形成了极大的落差，客居他乡，远离父母亲人，更为他增添了不少的乡思和烦忧。

第一句"长江悲已滞"，用拟人的手法写景，长江本不会悲伤，悲伤的是眺望长江流逝的诗人，江河万古奔流不息，只会有激流缓滩，哪会有半点儿停滞？心中苦闷滞涩的是诗人，被贬异乡，滞留远地，在他心中始终充盈的是"万里念将归"的思乡之情。"长江"和"万里"是诗人在空间上表述他乡之远、自己归家无期的感伤。"悲""念"二字，为全诗奠定了坚实的情感基调，直接抒发怀念故乡而不得归的悲愁。三、四句"况属高风晚，山山黄叶飞"字面上单纯写景。诗人在山中久久驻足，眼中所见皆是秋风萧瑟、黄叶飘零、万物衰落的秋景。肃杀之秋、寒凉之秋，更易激起诗人的满怀愁绪。在此处，诗人其实上是通过写景，表达自己内心因思乡而凄楚的心情。本是青春年少、意气风发的诗人却不能实现自己的价值和理想，只能长期漂泊在外，沉重的心情因为思念家乡而分外悲伤。

文学史上题名为《山中》的诗很多，不只王勃，像王维、王安石、司空图等人都有同题诗作，内容无外乎山水寄情的范畴。其中王维和王安石的诗作与王勃此诗一样皆是五言绝句。王维的《山中》"荆溪白石出，天寒红叶稀。山路元无雨，空翠湿人衣"和王安石的"随月出山去，寻云相伴归。春晨花上露，芳气著人衣"，皆是典型的山水诗，分别描绘了秋、春两个季节的美丽山景。而王勃的诗作虽也是写景，但"悲""滞""念""归"这样感情色彩强烈的字眼使用，为这首诗在景外笼罩上了浓厚的伤感情调。

明人谢榛在《四溟诗话》中说："作诗本乎情、景……景乃诗之媒，情乃诗之胚，合而为诗。"王勃的这首《山中》虽然只有短短二十字，但他在艺术上正是采用了抒情与写景两相结合的写作手法，触景生情，因情感景，人在景中，景在情中。全诗语言洗练，巧妙地抒发了诗人久滞异地，渴望早日回乡的思想感情。

元夕二首·其一

[明] 王守仁

故园今夕是元宵，独向蛮村坐寂寥①。
赖有遗经堪作伴②，喜无车马过相邀。
春还草阁梅先动③，月满虚庭雪未消④。
堂上花灯诸弟集⑤，重闱应念一身遥⑥。

【注释】

① 蛮村：荒村。
② 遗经：指古代留传下来的经书。
③ 草阁：简陋的房屋。
④ 虚庭：空空的庭院。
⑤ 诸弟：指还生活在家乡的兄弟们。
⑥ 重闱：父母居室，借以指代父母或祖父母。宋陈著《丙戌十一月十六日迎孙试周八句》："喜开三世瑶环瑞，满望重闱白发慈。"

【鉴赏】

这首诗的作者王守仁（1472—1529），字伯安，别号阳明，浙江余姚人，是明代心学的集大成者，也是著名的思想家和教育家。王守仁二十八岁进士及第，此后历任刑部主事、贵州龙场驿丞、庐陵知县、右佥都御史、南赣巡抚、两广总督等职。明武宗正德元年（1506 年）冬，宦官刘瑾专权干政，逮捕南京给事中御史戴铣等二十余人。王守仁上疏意图解救戴铣等人，因此触怒了刘瑾，被杖责，并谪贬至贵州龙场（贵阳西北七十里，修文县治），做了龙场驿栈小小驿丞。也是在这个时期，他在对儒家经典著作的反复研读中，对《大学》的中心思想有了新的领悟，写下了著名的"教条示龙场诸生"，史称"龙场悟道"。

从诗中所记"蛮村""遗经"，和《元夕二首·其二》中提及的"燕台"（去年今日卧燕台）、"阁道"（风传阁道马蹄回）等内容判断，这首诗应该就是作于龙场。龙场在当时还是"万山丛薄，苗、僚杂居"的未开化地区，诗人在诗中记叙了自己独自困守在远离家乡的南疆荒蛮之地，又恰逢元宵节，"每逢佳节倍思亲"，在本该团圆的日子远离亲人的游子回忆往事，借文字抒发自己心中的苦闷和对亲人的思念，虽无华丽的文辞，但情感却格外真挚、深沉。

首联"故园今夕是元宵，独向蛮村坐寂寥"交代时间、地点和作诗的缘由：元夕之夜，诗人独自待在南方荒凉的小山村中，不禁想起了遥远的故乡。颔联"赖有遗经堪作伴，喜无车马过相邀"记叙诗人在"荒村"的日常生活。因仗义执言被迫害，胸中自然会有满腔的悲愤不平，然而诗人并没有颓废抱怨，自怨自艾，反而庆幸自己在这样艰苦的条件下还有喜爱的经典为伴，又没有迎来开送往的官场应酬，可以安安静静地读书。颈联写景，"春还草阁梅先动，月满虚庭雪未消"。诗人想象此时此刻家中的样子：老家在这个时节是什么样呢？老屋前的梅花带来了春天的信息，圆圆的月亮高挂在天上，月光洒满空旷的庭院，院子里的积雪还未消融。颈联写家中之景，尾联"堂上花灯诸第集，重闱应念一身遥"，记家人情状。阖家团圆的元宵夜，家中的厅堂上挂上温馨的花灯，兄弟们都在一起欢聚一堂，而父亲母亲一定正惦念着独处他乡的我。

不幸的境遇并没有使王守仁自此消沉下去，也许是因为龙场地处偏远，远离了城市的喧嚣繁华、人事应酬，就像他诗中写的那样"无车马"相邀，"有遗经"相伴，他可以远离世俗烦扰，潜心读书研学，使他对儒家经典有了很多新的领悟，所谓"圣人之道，吾性自足，向之求理于事物者误也"。贬谪生活间接提升了他的思想高度，是他最终成长为一代鸿儒的关键阶段。

入若耶溪

[南朝] 王　籍

鲦艎何泛泛^①，空水共悠悠^②。
阴霞生远岫^③，阳景逐回流^④。
蝉噪林逾静，鸟鸣山更幽。
此地动归念，长年悲倦游。

【注释】

① 鲦艎：舟名，此处指大船。泛泛：船行无阻。

② 空：指天空。水：指若耶溪。

③ 阴霞：山北面的云霞。若耶溪流向自南而北，人溯流而上，故曰"阴霞"。远岫：远处的峰峦。

④ 阳景：指太阳在水中的影子。"景"通"影"。回流：船逆水向前行进时倒流的水。

【鉴赏】

　　南朝梁诗人王籍（生卒年不详），字文海，琅邪临沂（今山东临沂市北）人。他出身"琅玡王氏"世家大族，少有文才。南朝齐末年曾为冠军行参军，累迁外兵记室，入梁后任湘东王萧绎咨议参军，迁中散大夫等职，都是些没什么实权的一般职位，一生整体上仕途却并不顺利。仕途不顺便寄情于山水往往是当时文人的惯常做法，王籍也不能例外。他诗学谢灵运，《南史·王籍传》载："时人咸谓康乐之有王籍，如仲尼之有丘明，老聃之有庄周。"但其少年早亡，存诗甚少，今人可见者唯本诗和《棹歌行》两首。

　　这首《入若耶溪》中提到的若耶溪，在绍兴市东南，发源于离城区四十四里的若耶山（今称化山），沿途纳三十六溪溪水，北入鉴湖。早年，此处上游流经群山，下游两岸竹木丰茂，是一处非常幽雅的旅游胜地。这首诗是王籍游若耶溪时所作，记叙了诗人泛舟若耶溪的见闻，表达了他长久羁留他乡的思归之念。

　　整首诗是按照游览的顺序写作，开头两句"鲦艎何泛泛，空水共悠悠。"记写诗人是乘船入溪游玩，交代了观览的基础视角是在水上、船上。一个"何"字表明出游时诗人心中的雀跃之情，"泛泛""悠悠"描写出溪水景致的安静闲适。中间四句描绘诗人眼中所见之美景。三、四句为远景："阴霞生远岫，阳景逐回流。"诗人的目光从脚下的小船和溪水，转向高处的山峦云霞。"生"与"逐"是云霞蒸腾、阳光跳跃的生动呈现。在诗人笔下，云霞、阳光仿佛如天真的山野精灵般，在山间自在出入，有意追逐着清澈曲折的溪流。"蝉噪林逾静，鸟鸣山更幽"用以动显静的手法来烘托山林之清幽。所谓"大音希声"，诗人反向用之，以声响的嘈杂来衬托静的境界，使单纯的山林景色带上层层哲思的神秘美感。最后两句"此地动归念，长年悲倦游"由景及人，诗人沉浸在这自然美景中不免心生厌倦仕途、归隐山林之意。

　　山水诗是古典诗歌的重要类别，学界一般认为这类专门描写山水风光的诗歌，诞生于魏晋之际，其鼻祖即是晋宋之际的文坛巨擘谢灵运，其他代表诗人还有如谢朓、孟浩然、王维等。山水诗以自然风光为独立审美对象，在绘画似的精细描摹中寄寓了诗人自身的人生体验。谢灵运的"池塘生春草，园柳变鸣禽"（《登池上楼》）、孟浩然的"野旷天低树，江清月近人"（《宿建德江》）、王维的"人闲桂花落，夜静春山空"（《鸟鸣涧》），俱是人们耳熟能详的山水诗名句。王籍的这首《入若耶溪》也是山水诗中的名篇，全诗文辞清婉，音律谐美，创造出一种幽静恬淡的艺术境界，也更因其在美学上达到了"动中间静意"的高超境界而为后人所称道，成为王籍的代表之作。

浣溪沙

［宋］晏 殊

一向年光有限身①，等闲离别易销魂②。
酒筵歌席莫辞频③。
满目山河空念远，落花风雨更伤春。
不如怜取眼前人④。

【注释】

① 一向：一晌，一会儿。年光：时光。有限身：有限的生命。

② 销魂：灵魂脱离肉体，形容极度悲伤或极度快乐。

③ 莫辞频：不要因为次数多而推辞。频，频繁。

④ 怜：珍惜，怜爱。取：语助词。

【鉴赏】

　　北宋文学家晏殊（991—1055），字同叔，抚州临川（今属江西）人。晏殊十四岁就参加进士考试，被宋真宗赐同进士出身。入仕后"遂登馆阁，掌书命，以文章为天下所宗"，后来更"由王官宫臣，卒登宰相。凡所以辅道圣德，忧勤国家，有旧有劳，自始至卒，五十余年"（《宋史·晏殊传》）。他以词著称于文坛，词风含蓄婉丽，传世词作多存于《珠玉词》中，而这首《浣溪沙》则是晏词的代表作之一，以雄健明快的笔法抒写伤春怀远的情怀，词意哀而不伤，独具特色。

　　这首词的开头两句"一向年光有限身，等闲离别易销魂"，直言人生虽然短暂，但生死离别这样的事情却是再寻常不过，也最令人伤心伤神。"一向"即言时间短。片刻光阴，有限生命，这是任何人都无法抗拒的自然规律。惜光阴之易逝，叹盛年之难续，在这首词中被强烈地呼喊出来。在短暂的人生中，还要面对一次次的离别，这又怎能不让人"销魂"呢？第三句"酒筵歌席莫辞频"是对自身生活的描写，是对前面两句的回应。叶梦得《避暑录话》记载，晏殊"唯喜宾客，未尝一日不宴饮，每有佳客必留，留亦必以歌乐相佐"。可见"酒筵歌席"是晏殊的日常生活，他为何要如此生活？因为人生短暂，离别无常，何不及时行乐，对酒当歌，聊慰此生。

词的三、四句，笔锋一转由"酒筵歌席"的人事写到"山河""落花"的自然。"满目山河空念远，落花风雨更伤春。"这两句其实是一种臆想之语：放眼望去的大好河山，会让人不禁思念远方的亲友；风雨吹落繁花之时，更易使人产生伤春的愁情，气象宏远，意境苍茫。结句"不如怜取眼前人"承接着前面"酒筵歌席"句意，再次表达了及时享乐的思想：与其徒劳地思念远方的亲友，因风雨摇落的花朵而伤怀，不如珍惜眼前朋友的情谊。这也是词人对待生活的一种态度。这首词的特殊之处在于，它并非描写一地之景一时之情，而是在山河风雨落花流水中寄予着对人生哲理的思索。

晏殊词作还有一首同样以《浣溪沙》为调的佳作，名句"无可奈何花落去，似曾相识燕归来"即出自其中。两首词作都是晏殊的代表性作品。

汴河怀古

[唐] 杜 牧

锦缆龙舟隋炀帝①，平台复道汉梁王②。
游人闲起前朝念，折柳孤吟断杀肠③。

【注释】

① "锦缆"句：指隋炀帝乘龙舟下扬州之事。

② "平台"句：指汉代梁孝王刘武在梁国都城睢阳（今河南商丘睢阳）建造"梁园"之事。平台，梁孝王的行宫。

③ 折柳：汉乐府中有《折杨柳歌辞》，古人离别时，折柳枝相赠，寓含惜别怀远之意。

【鉴赏】

杜牧（803—853），字牧之，号樊川居士，京兆万年（今陕西西安）人。杜牧以擅长七言绝句著称，作品内容多咏史抒怀。唐文宗大和九年（835 年）八月，杜牧到东都洛阳任监察御史。在洛阳期间，由于职务清闲，他四处游览凭吊古迹，写下了不少诗篇，这首《汴河怀古》应当也是作于此时。

汴河，即通济渠。隋炀帝曾发动民众开掘了一条连接淮河和黄河的运河，名为通济渠，它是京杭大运河的前身，因这条古运河的主干在汴水，所以习惯上也称之为汴河，历史上汉代梁孝王兴建的梁园就是汴河流域最著名的历史遗迹。唐代以后，因政治中心变化，汴河徐州以西的航段逐步废弃不用，汴河也逐渐退出人们的视野。皮日休也有一组同题诗作，但与皮诗长于议论不同，杜牧的这首《汴河怀古》更着意于怀古、抒情。

诗的首句记述隋炀帝开掘大运河并乘坐着奢华的游船游览的史实，这既是此类题材的必用之典，也是诗人怀古的缘由所在。第二句"平台复道汉梁王"讲的是汴河流域的古迹"梁园"故事。梁园是西汉梁孝王刘武营造的规模宏大的皇家园林。《史记·梁孝王世家》中记载："孝王筑东苑，方三百余里，广睢阳城七十里，大治宫室，为复道，自宫连属于平台三十余里。"历史上的梁园还是著名的文学团体集会主阵地，梁孝王曾"招延四方豪桀，自山东游士莫不至"（《汉书·卷四十七·文三王传第十七》）。后世如谢惠连、李白、杜甫、高适、王昌龄、岑参等著名文学家都曾慕名前来到梁园游赏，李白更是在梁园居住了长达十年之久，并在此写下《梁园吟》这一千古名作。

诗的三、四句由怀古转而述今：所有的风景遗迹都已是往事，只有我这个游人在百无聊赖之时不禁想起这些前朝旧事，一时万般思绪涌上心头，只能聊借折柳惜别怀远，独自写下这些悲愁的文字。折柳送别是古代一种非常普遍的文化习俗，清代褚人获在《坚瓠广集》中指出："送行之人岂无他枝可折而必于柳者，非谓津亭所便，亦以人之去乡正如木之离土，望其随处皆安，一如柳之随地可活，为之祝愿耳。"因为人们在分别送行时会折柳相送，慢慢地"折柳"也就有了思亲、怀远的意义。这也就是杜牧在这首怀古诗中，使用"折柳"意象的愿意所在。

很多人都把隋朝灭亡的原因归咎于隋炀帝昏庸暴敛，劳民伤财地修建大运河，然而杜牧的这首《汴河怀古》却并没有一味地批判谴责所谓古人过失，而是利用古今的时空对比，利用"古"之繁华反衬"今"之孤寂，也揭示了晚唐政治的腐败、社会的凋敝，表达诗人忧国忧民的高尚情怀。

【想】

不着一字，尽得风流。
语不涉难，已不堪忧。

寄黄几复

[宋] 黄庭坚

我居北海君南海①，寄雁传书谢不能②。
桃李春风一杯酒，江湖夜雨十年灯。
持家但有四立壁③，治病不蕲三折肱④。
想见读书头已白，隔溪猿哭瘴溪藤⑤。

【鉴赏】

　　这首诗作于宋神宗元丰八年（1085年），当时黄庭坚任职于德州（今属山东）德平镇。黄几复，是黄庭坚的少年好友，二人交情很深，当时黄几复任职于四会县（今广东四会县）。两人天南海北，相距遥远，黄庭坚写下此诗遥寄友人，知己友情见诸纸笔，深入人心。

　　首联"我居北海君南海，寄雁传书谢不能"，平语起势，乍一看颇有些"江头江尾"之感，但诗人在此处书写的却不是爱情而是友谊。当时黄庭坚与友人黄几复一在山东，一在广州，同时德州德平镇和广州四会都是海滨，故而称"北海南海"。而以当时的交通物流情况，这一南一北的距离就仿佛是天海茫茫，别说相见，就是通信都极其困难了。此处的"谢不能"是将信使鸿雁拟人，说诗人想托鸿雁寄信给远方的朋友，但鸿雁都因为路途遥远而拒绝了诗人的请求。

颔联"桃李春风一杯酒，江湖夜雨十年灯"，上句追忆昔日与朋友在京城相聚的欢乐时光，下句则抒写二人分别以后深深的思念之情。"桃李""春风"两个词把阳春美景朋友相聚的欢乐时光展现在读者面前，字里行间颇有些少年才俊壮气萦怀、满腔热忱的味道。转眼十余年过去，我们现在各在"江湖"一处，孤听"夜雨"，独对寒"灯"，互相思念，深宵不寐。"桃李春风"与"江湖夜雨"，是"欢乐"与"悲伤"的对照；"一杯酒"与"十年灯"，是"一"与"多"、"短"与"长"的对比。快意与孤寂，暂聚与久别，往日的交情与当前的思念，从这些简单的对比中一一呈现，令人回味无穷。

颈联书写诗人对友人的认识，同时也侧面表现黄几复的为人和处境。在黄庭坚心中，他的朋友是个什么样的人呢？"持家但有四立壁"说黄几复为官清正廉洁，身为一县之长，却家徒四壁，身无长物。"治病不蕲三折肱"说黄几复不置家产，却把全部精力和心思用于"治病""读书"上。其实"治病"在这里的意思并非单纯字面意义，黄几复是官员，说他善"治病"也暗示他为官能力很强，善"治国"，而言外之意是：他这样的人才，为什么得不到重用，一直都官职卑微，只能在底层工作呢？

尾联"想见读书头已白，隔溪猿哭瘴溪藤"与首句"北海南海"相呼应：诗人想象虽然身处环境艰苦的边远之地，现在的老友如今已满头白发，却依然好学不倦。怜才之心，蕴含其中。

黄庭坚十分推崇杜甫，作诗讲究用典，追求"无一字无来处"，这首《寄黄几复》，用典也是"无一字无来处"，但典多却并不晦涩艰深，反而增添了许多古朴的韵味。

念 奴 娇

[宋] 宋 江

天南地北，问乾坤何处，可容狂客。
借得山东烟水寨①，来买凤城春色②。
翠袖围香，绛绡笼雪③，一笑千金值④。
神仙体态，薄幸如何消得。

回想芦叶滩头，蓼花汀畔⑤，皓月空
凝碧。六六雁行连八九，只待金鸡消
息⑥。义胆包天，忠肝盖地，四海无人
识。闲愁万种，醉乡一夜头白⑦。

【注释】

① 山东烟水寨：指梁山泊。
② 凤城：旧时京城的别称。
③ 绛绡：红色绡绢。
④ 一笑千金：汉代崔骃《七依》云：
"回顾百万，一笑千金。"后人以此代
指美人。
⑤ 蓼花汀畔：此处和"芦叶滩头"
一样，用特有景物，代指梁山水泊。
蓼花，生长在水边或水中，民间俗称
狗尾巴花。汀，水边平地，小洲。
⑥ 金鸡消息：金鸡报晓，意为好事
将至。此处指朝廷招安。
⑦ 醉乡：喝醉酒时神志迷离的状态。

【鉴赏】

这首词选自小说《水浒传》第七十二回"柴进簪花入禁院　李逵元夜闹东京"，此词原载于《瓮天脞语》。这首词在小说中是故事情节发展的关键存在，解读它必然要将其有机地融入小说的情节之中。

这首词的创作背景是浪子燕青引宋江再次见到名妓李师师，李师师以酒食款待他们。席间，李师师低唱苏东坡《念奴娇·赤壁怀古》词，宋江也乘着酒兴填写了这首词，呈给李师师。宋江这一次冒险潜入东京汴梁的真实目的是为了设法打通关系，想通过名妓李师师让宋徽宗体察到他的"忠肝义胆"，殷切希望朝廷能够对梁山水泊的起义军进行招安。词中既有对李师师的"殷勤"赞美，也披露了宋江投奔梁山只是暂时栖身、最终归顺朝廷的复杂心态。

　　词的上阕就内容而言可分为两个部分。前四句是宋江向李师师讲述自己的处境和来京求见缘由：宋江自陈自己曾不为世道所容，以至于到了无处安身立命的地步，不得已投奔梁山，做了寨主，但也因此才能有机会来到东京，得见佳人。后五句"翠袖围香，绛绡笼雪，一笑千金值。神仙体态，薄幸如何消得"，分别赞美了李师师的衣着体态：翠绿的衣袖散发着淡淡的香气，红色绢纱笼罩着如雪的肌肤，姿容娇媚，一笑千金，如仙女一般，像这样的佳人美女，怎能是那些薄幸的男人有缘消受的？宋人张孝祥《虞美人》词中有"倩人传语更商量，只得千金一笑也甘当"句，指不惜花费重金也要博取美人的欢心。成语"千金一笑"讲述了周幽王为博得美人一笑，烽火戏诸侯的故事。此处词人字面上几近夸张地赞美了李师师倾国倾城的绝世姿容，向李师师表达自己的倾慕之情，实际上就是因为他们有求于李师师，故而从言语上表露出一种刻意的谄媚与讨好。

　　词的下阕申明词人冒着被逮捕的危险来到京城的主要目的。前五句回述宋江身在梁山的寂寥心情：想那芦叶萧萧的滩头，开满蓼花的岸边，有月色如水如银，天上的大雁成阵，而我一直期盼着金鸡报晓的佳音，其实就是表述自己正日夜盼望朝廷降旨招安的消息。结尾五句自陈情怀，说自己空有满怀忠义之心，却不被朝廷理解，为此经常借酒浇愁，一夜白头。这里是苦情写法，为了博取李师师的同情，从而为自己提供帮助。

　　现代有学者认为这首词"污秽不堪""丑态百出"，词中确实有对李师师的过分阿谀吹捧，但如果我们把它放在具体的故事情节中去观照这首词，虽然是正义之士、忠义之人，但宋江当时的身份毕竟是被朝廷通缉的草寇，为了达到自身目的放下身段，委曲求全，也不是不能理解。

咏怀古迹·其四

[唐] 杜 甫

蜀主窥吴幸三峡[1]，崩年亦在永安宫[2]。
翠华想像空山里[3]，玉殿虚无野寺中[4]。
古庙杉松巢水鹤，岁时伏腊走村翁[5]。
武侯祠堂常邻近，一体君臣祭祀同。

【注释】

[1] 蜀主：指刘备。
[2] 永安宫：在今重庆奉节，为蜀汉昭烈皇帝刘备托孤的故址。
[3] 翠华：本义指天子仪仗中以翠羽为饰的旗帜或车盖，此处指代皇帝的车驾。
[4] 玉殿：宫殿的美称。
[5] 伏腊：祭祀名，夏祭和冬祭。

【鉴赏】

唐代宗大历元年（766年）杜甫从夔州（今重庆奉节）出三峡，到江陵（今湖北荆州），先后游历了庾信故居、宋玉宅、昭君村、永安宫、先主庙、武侯祠等古迹，写下了《咏怀古迹》这组诗作，托古寓今，感怀己身。组诗共五首，此处选择的是第四首，诗人游览白帝城的永安宫，赞美了刘备和诸葛亮和谐互信的理想君臣关系，抒发自己怀才不遇的不平之气。

首联追忆历史："蜀主窥吴幸三峡，崩年亦在永安宫。"记叙了在永安宫遗址发生的重大历史事件：永安宫原为刘备在白帝城的行宫，章武元年（221年），刘备率四万大军东下，为关羽报仇；次年遭东吴大将陆逊火攻连营，兵败还至鱼复，改曰永安，刘备最终驾崩于此，并在临终前托孤于诸葛亮。

颔联用对比手法描写古今永安宫的变迁："翠华想像空山里，玉殿虚无野寺中。"想象着往昔蜀主的仪仗浩浩荡荡地飘扬在空旷的山间，而今永安宫的雕梁画栋却湮灭在这荒郊野庙之中，人事变迁，满目苍凉。

　　颈联从无生命的遗址写到活动的生灵："古庙杉松巢水鹤，岁时伏腊走村翁。"因为人烟稀少，水鹤都在古庙里杉松树上做起了巢，每逢节令还来参拜祭祀的也只剩下附近的村民。中间两联具体描写永安宫遗址的样貌，不着痕迹地利用今昔对比叹惜大业未成身先去、只余故祠于世间的无奈。

　　尾联"武侯祠堂常邻近，一体君臣祭祀同"，白帝城刘备托孤的永安宫附近，后人又修建了祭祀诸葛亮的武侯祠，君臣二人同样受到后世的祭祀和崇拜。刘备诸葛亮互相信任，同心同德是诗人心目中理想的君臣关系，他对此表达了自己无限的敬意，以及现实中自身政治理想无法实现，抱负难以施展的感慨。

　　杜甫的诗号称"诗史"。安史之乱后，李唐王朝由盛转衰，国家动荡，四夷侵犯，民不聊生，杜甫身处其中，感触至深。他目睹昔日蜀汉遗迹，感慨刘备和诸葛亮的杰出功业，曾写下不少与三国有关的诗作，像《蜀相》"三顾频烦天下计，两朝开济老臣心"、《谒先主庙》"复汉留长策，中原仗老臣"、《古柏行》"忆昔路绕锦亭东，先主武侯同閟宫"，等等。

　　这首《咏怀古迹》平淡自然，写景状物形象明朗。《杜诗言志》评价此诗云："此一首是咏蜀主。而己怀之所系，则在于'一体君臣'四字中。盖少陵生平，只是君臣义重，所恨不能如先主武侯之明良相际耳。"诗人以咏古迹为主而隐含咏怀，最终主旨还在于"一体君臣"四字之中，这首诗为后人广为传颂，也正是因为他说出了古今为人臣者的心声。

阳羡歌

［宋］贺 铸

山秀芙蓉，溪明罨画^①。真游洞穴沧波下^②。临风慨**想**斩蛟灵^③，长桥千载犹横跨^④。

解组投簪^⑤，求田问舍。黄鸡白酒渔樵社。元龙非复少时豪^⑥，耳根洗尽功名话。

【注释】

① 溪明罨（yǎn）画：常州宜兴有罨画溪，溪水明净。罨画，杂色彩画。

② 真游：犹仙游。阳羡有张公洞，相传汉代天师张道陵曾在此处修行。

③ 斩蛟灵：西晋阳羡人周处，曾于长桥下挥剑斩蛟，为乡里除害，传为佳话。

④ 长桥：《太平寰宇记》记载，长桥在县城前，"晋周处少时斩长桥下食人蛟，即此处也"。

⑤ 解组投簪：解去绶带，投弃冠簪，指去官为民。组，丝织的带子，古代用来佩印。投簪，丢下固定冠帽用的簪子。

⑥ 元龙：三国名士陈登，字元龙，东汉末年名臣。

【鉴赏】

　　宜兴古称阳羡，阳羡歌一作"踏莎行"，词牌名。关于这首词的作者，一般认为是北宋词人贺铸（一说为苏轼）。贺铸（1052—1125），字方回，号庆湖遗老，卫州（今河南卫辉）人。他出身显贵，是宋太祖贺皇后的族孙，更是唐代大诗人贺知章的后裔。这首词具体写作时间不详，推测应该是其致仕后的作品，抒发了词人落寞失意的感伤心情。

　　词的上阕描写阳羡的自然风景。开头两句总写山水之美，山峦秀美如花，溪水明丽似画。据地方志所载，阳羡境内有芙蓉山、罨画溪，在这两句中"芙蓉""罨画"皆是一语双关，既是地名，又是修饰语。"真游洞穴沧波下"写阳羡溶洞之美。相传天师张道陵曾在洞中修行，洞不在深，有仙则名。"临风慨想斩蛟灵。长桥千载犹横跨"二句讲述了周处斩恶蛟的故事，以此引出阳羡的著名建筑"长桥"。传说中阳羡人周处曾经是个横行乡里的恶霸，乡亲们把他和南山虎、长桥蛟合称"三害"。后来乡人使计劝周处杀虎斩蛟，借此一起除掉他们。周处上山杀虎，入水斩蛟，回来后才知道原来乡人如此憎恶自己，幡然悔过，成为了一个受人喜爱的人。此处词人借周处的故事，赞美阳羡的地灵人杰。

　　词的下阕记述词人的田园生活。"解组投簪，求田问舍。黄鸡白酒渔樵社。""解组""投簪"都指弃官归农。这三句是说自己辞官归隐，每日食鸡饮酒，做一个与渔人樵夫为伍的田舍翁。最后两句"元龙非复少时豪，耳根洗尽功名话"，词人以前人自况，表明自己归隐后的心境。据《三国志·魏志·陈登传》记载："陈登者，字元龙，在广陵有威名。又挢角吕布有功，加伏波将军，年三十九卒。后许汜与刘备并在荆州牧刘表坐，表与备共论天下人，汜曰：'陈元龙湖海之士，豪气不除。'备谓表曰：'许君论是非？'表曰：'欲言非，此君为善士，不宜虚言；欲言是，元龙名重天下。'"历史上的陈元龙二十五岁入仕，体察民情，抚弱育孤，兴修水利，抚慰民生，深得百姓敬重，是一个忧国忧民、有着建功立业的雄心壮志之人。词中用陈登的事迹做对比反衬，词人表白自己此时已不像陈登那样心中充满豪情壮志，耳边也不再有功名利禄之语，现在的我但求平静安稳的田园生活而已。

　　贺铸是一位非常特别的词人，据说他身材高大，相貌丑陋，为人似江湖侠客般，"少时侠气盖一座，驰马走狗，饮酒如长鲸"（程俱《贺方回诗集序》）。博学多才和豪侠彪悍在他身上奇妙地融为一体。人们往往在年轻时有着心怀天下的高远志向，出身高贵的贺铸亦是如此。但在他经历了大半生的宦海沉浮，对现实有了清醒或是无可奈何的认知，既然对现实无能为力，那么就退而独善其身吧。故而，这首词的字里行间既时时传递出退隐的思想，又充满了壮志难酬的悲愤。

归园田居·其二

［东晋］陶渊明

野外罕人事^①，穷巷寡轮鞅^②。

白日掩荆扉^③，虚室绝尘想。

时复墟曲中^④，披草共来往。

相见无杂言^⑤，但道桑麻长。

桑麻日已长，我土日已广。

常恐霜霰至^⑥，零落同草莽。

【注释】

① 人事：指和俗人结交往来的事。

② 穷巷：偏僻的街巷。鞅：驾车时套在马颈上的皮带，此处指车马。

③ 荆扉：柴门。

④ 墟曲：乡野小路。

⑤ 杂言：指仕宦求禄等言论。

⑥ 霰：小雪粒。

【鉴赏】

　　陶渊明（365 或 372 或 376—427），名潜，又字元亮，浔阳柴桑（今江西九江）人，自号五柳先生，死后私谥靖节，故后世又称其为靖节先生。陶渊明二十九岁出仕，为官十三年，却始终身在官府，心在田园。义熙元年（405 年），陶渊明四十一岁时，最后一次出仕为彭泽县令，仅八十一天就辞官回家，此后隐居山野，终老田园。《归园田居》组诗便是诗人在归隐初期的作品，此处选择的是组诗中的第二首，着意描写乡居生活的宁静安适。

　　诗歌的前四句记叙诗人归隐田园后安静的生活状态，核心在一个"静"字。"野外罕人事，穷巷寡轮鞅。"诗人回归田园，彻底摆脱了官场上的烦恼，乡野间的生活环境虽然简陋，却极少有车马贵客的往来，自然也就少去了许多虚伪的逢迎应酬。"白日掩荆扉，虚室绝尘想。"即便是大白天，"我"也可以随心所欲地闭门谢客，让自己尽情享受这一份沉静安宁，摒弃尘世的一切纷扰。诗句中流露出一种隐隐的自得之感，仿佛是诗人在对自己说"我终于得到了自己该过的生活"。

"时复墟曲中，披草共来往。相见无杂言，但道桑麻长。"这四句写归隐后的人际交往。普通的百姓是诗人在归隐田园后真正交往的对象，他们都是纯真朴素的农民，不在乎门第高低贫富，也不懂那些世俗曲直，日常交谈的也都是桑麻稼穑的农家事。与充满权诈虚伪的官场相比，这里人与人的关系单纯质朴，毫无矫饰。

最后四句诗人已经完全把自己融入了农夫的角色，说自己日常关心的也就是田间农事。"我"在田间种植的桑麻日渐长高，开垦土地越来越广，这些都是那么令人开心，时常担忧的也就是霜雪降临，天气突变会影响庄稼的生长罢了。表面上的一喜一忧，实际上对诗人而言都是"喜"，因为他从此远离了官场俗世的纷扰，田间生活虽然清贫，但安贫乐道才是诗人的终极追求。

这首诗用最无华的语言、最悠然的态度，描述了田居生活的点点滴滴，描绘了诗人心目中真正的理想天地。平静恬淡的田园风光和质朴世俗的乡村日常，是"久在樊笼里，复得返自然"（《归园田居》其一）的诗人归隐后生活的真实写照。

秋菊、薄酒、素琴、田园共同构建了陶渊明宁静悠远、淡雅无争的美学境界。这是萧统所谓的"颖脱不群，任真自得"（《陶渊明传》）；是孟浩然所言的"目耽田园趣，自谓羲皇人"（《仲夏归汉南寄京邑旧游》）；是苏轼口中的"外枯而中膏，似淡而实美"（苏辙《子瞻和陶渊明诗集引》）；更是元好问笔下的"一语天然万古新，豪华落尽见真淳"（《论诗》）。

江 城 子

［宋］周紫芝

碧梧和露滴清秋，小庭幽，翠烟流。羞
带一襟①，明月上危楼②。苦恨秋江风与
月，偏管断，这些愁。

此情空道两绸缪③，信悠悠，几时休。
到得如今，划地见无由④。拟待不能思
想得，无限事，在心头。

【注释】

① 襟：本义指衣服领口相交的部分，
又指衣服的胸前部分。襟的位置正对
胸口，所以又比喻为胸怀、抱负。
② 危楼：高楼。危，高。
③ 绸缪：情意殷切。
④ 划（chǎn）：消除，削割。

【鉴赏】

　　周紫芝（1082—　？），字少隐，号竹坡居士，宣城（今安徽宣城）人，南宋
文学家。宋高宗绍兴十二年，中进士。绍兴十五年，为礼、兵部架阁文字。绍
兴十七年（1147年），为右迪功郎敕令所删定官，历任枢密院编修官、右司员外
郎。绍兴二十一年（1151年），出知兴国军（治今湖北阳新），后退隐庐山。他
因曾向秦桧父子献诗，后世多有诟病。

　　这首词是婉约词的传统风格，清丽婉约，含蓄内敛，记叙了主人公满腹愁肠
积郁于心，无处言说的苦闷心情。这首词文辞含蓄，将"愁"绪贯穿始终，情感
表达缠绵悱恻，是一首感人至深的相思恋歌。

　　上阕开篇以写景着笔。"碧梧和露滴清秋，小庭幽，翠烟流。"借特殊风物点
明时间是初秋时节。梧桐树尚是碧绿颜色，叶尖滴落的露水却仿佛在告诉人们时

已入秋，庭院幽深，绿意流溢，这是夏末初秋，植被已至鼎盛将衰，天气似寒非寒的样子。"羞带一襟，明月上危楼。"记人。说明月高悬，高楼耸峙，词人登斯楼而望月，空有满腹心事却没法向人倾诉，一个"羞"字生动地写出了主人公的心理活动，这心事恐怕是对心上人的苦苦思恋。登楼源自于古人登高的习惯，后来与文学创作紧密关联起来，时常用来状写思妇怀人之事。如张若虚的《春江花月夜》"可怜楼上月徘徊，应照离人妆镜台"，王昌龄的《闺怨》"闺中少妇不知愁，春日凝妆上翠楼"，程垓的《卜算子》"独自上层楼，楼外青山远"，所言皆如此。"苦恨秋江风与月，偏管断，这些愁。"这些无法宣之于口的心思本应深埋在心中，但眼前的这些秋江风月却勾起人无限愁绪，怎不令人懊恼呢！

下阕承接"愁"字，继续抒情。"此情空道两绸缪，信悠悠，几时休。到得如今，划地见无由。"这里的"情"正是词人心头的"一襟"思恋，是思而不得，又无法表白的"愁"苦，无休止地缠绵于心，难以解开。天长日久，到如今想要彻底切割忘却，都不知该怎么办才好了。"拟待不能思想得，无限事，在心头。"深化了主人公的愁闷，她因思而不得，又无法排遣，所以最终变成了积压在心头的无限烦忧。这种情绪，从"知我者，谓我心忧，不知我者，谓我何求"（《诗经·王风·黍离》），到"此情无计可消除，才下眉头，却上心头"（李清照《一剪梅》）；从"难将心事和人说，说与青天明月知"（唐寅《美人对月》），再到"无凭踪迹，无聊心绪，谁说与多情"（纳兰性德《太常引·晚来风起撼花铃》），其中传达的欲语还休、无处倾诉的苦闷在历朝历代的文人笔下被婉转诠释。

云浪庵看桃花歌呈恩公

［明］吴　兆

白石累累如雪浪，青山叠叠疑屏障。

孤庵结处绝人寻，千树桃花深又深。

吾师讲散僧徒暇，或行或坐桃花下。

悠然花下悟真机^①，落花偏著定时衣。

处处飘来天女散^②，纷纷衔出佛禽飞^③。

如此春山谁独往，城中人有山中想。

涧户疏钟出谷迟，石桥流水和云响。

几曲云林望不通，惟将流水世人同。

徐穿鸟语枝边路，传过经声花里风。

步步留人春不尽，掩映岚光无远近。

池上数株昨夜开，旧红几点逐沿洄。

禅关自与仙源异^④，莫误渔人不再来。

【注释】

① 真机：玄妙的道理。

② 天女：传说中天上的神女。

③ 佛禽：指佛教中的一种神鸟，亦称"妙音鸟"。

④ 禅关：佛教用语，指寺院，也喻指佛教修行中要逾越的关口。仙源：道教中指神仙居住的地方，这里与下句的"渔人"相照应，特指陶渊明笔下的桃花源。

【鉴赏】

　　吴兆，字非熊，明代著名的诗人、戏曲家。吴兆早年擅长传奇戏曲创作，万历中曾游南京，与郑应尼作《白练裙》杂剧，讥嘲当时的秦淮八艳之一的马湘兰。不久后，也许是后悔自己年少轻狂，便转而专注作诗，与曹学佺等人共结诗社，同游武夷、匡庐、九华诸山，后出游广东，客死于新会（今广东江门）。这首诗诗题中的云浪庵疑即为无锡雪浪山中庵寺，诗歌即是以歌咏修禅悟道，超然世外为主题。

开篇四句紧扣诗题"云浪庵看桃花"，这是作诗的动因。"白石累累"是山之险峻，"青山叠叠"是山之深广，云浪庵就隐藏在这青山叠嶂、人迹罕至的世外桃源。那么诗人到这"孤庵"之中做什么呢？"吾师讲散僧徒暇，或行或坐桃花下。"我在这里听高僧开坛说法，经课结束之后，僧徒们仍不忍散去，在盛开的桃树下或行或坐，各自回味感悟。

接下来四句描写诗人在桃树下参禅的感受："悠然花下悟真机，落花偏著定时衣。"说诗人在花树下入定修禅，忽然有所领悟，不知不觉中落花满身，浑然不觉。"处处飘来天女散，纷纷衔出佛禽飞"则是对"悟真机"时心理活动的夸张描写，说领悟佛理的那一刻，仿佛周围有天女在空中抛洒鲜花、妙音鸟在耳畔嘤嘤鸣唱。佛禽即迦陵频伽，是佛教的传说中的一种美丽的飞禽，"山谷旷野，多有迦陵频伽，出妙声音，若天（神）若人，紧那罗（歌神）无能及者。"（《正法念经》）传说这种鸟儿声音美妙动听，婉转如歌，胜于常鸟，故而有美音鸟或妙音鸟之名。诗人把听禅悟道的美好经历都归结于所处的环境。故而引出下面的内容。

"如此春山谁独往，城中人有山中想"两句，语意一转，从描写听禅悟道转而赞美山林美景。此后十句全是对春山胜景的礼赞。"涧户"两句以声写静，因为山林幽深，庵寺疏旷的钟声都迟迟不能传出山谷，和石桥下潺潺的流水声一样回荡在山间。"几曲云林望不通，惟将流水世人同。"同样是极力描写山谷幽深曲折，除了山间的流水还连接着山里山外，出世入世的两个世界，更烘托出云浪庵的超然物外，不染尘寰。"徐穿"两句又在静中写闹，但这闹不是人声之烦躁，而是花间鸟语声声，随风传到庵堂中，融进一阵阵诵经声中，自然与人合二为一，和谐美好。下面四句又写桃花。照应前文"千树桃花深又深"句，说山中桃花之多，盛开之繁盛，令人流连忘返，不忍离去。

最后两句"禅关自与仙源异，莫误渔人不再来"反用了"桃花源"的典故，说这里是佛家的道场，不是虚无缥缈的仙乡，所以不会像误入桃源的渔人那样再也难以寻觅。讲佛门出世而不避世，实际上包含着对佛家普度众生的肯定。

【思】

乱山乔木，碧苔芳晖。
诵之思之，其声愈希。

峨眉山月歌

[唐]李　白

峨眉山月半轮秋①，影入平羌江水流②。
夜发清溪向三峡③，思君不见下渝州④。

【注释】

① 半轮秋：半圆的秋月，即上弦月
或下弦月。
② 影：月光。平羌：江名，即今青
衣江，在峨眉山东北，源出四川芦
山，流经乐山入岷江。
③ 清溪：指清溪驿，在四川峨眉山
附近。
④ 渝州：今重庆一带。

【鉴赏】

　　李白（701—762），字太白，号青莲居士，祖籍甘肃天水。《新唐书》记载，他是凉武昭王李暠的九世孙，与李唐皇族同宗。这首诗大约作于开元十二年（724 年）左右出游途中，青年李白离开故乡而踏上远游的征途，期间他再游成都、峨眉山等地，然后乘船东下至渝州。对于李白，峨眉山月即是故乡之月，诗中反映的也正是对家乡对亲友的思念之情。

　　这首诗从"峨眉山月"起笔，诗人趁着夜色出发进入了岷江，向三峡进发。秋高气爽，月色澄明。第一句点明出发时间：上下弦月都是月半圆的形态，故而说秋月"半轮"，可以看出诗人出发的日子是农历的初七、初八，或二十二、二十三前后。峨眉山附近的青衣江源出于四川芦山县，流至乐山县入岷江。故知次句"影入平羌江水流"指出吟诗的地点和出蜀的行程。在固定位置看水中倒影，不管江水怎样流动，影子是不动的。只有观者在移动中，才会看到影随水流的奇妙景观。所以此句中诗人连用"入"和"流"两个动词，生动地描绘出月影倒映在江水中，又随江水流逝，揉碎在波浪中的浪漫情景。

第三句变暗示为明示，直接说出自己的行程是"夜发清溪向三峡"。此刻，这个意气风发、仗剑去国、辞亲远游的青年，心情是略有些矛盾的。他一方面兴奋不已，对未来满怀憧憬；另一方面，乍离家乡，对故园又有着深深的眷恋。于是就自然而然带出了末句"思君不见下渝州"，表现了这种依依惜别的心情。

明人王世贞对这首诗有着极高的评价："此是太白佳境，二十八字中有峨眉山、平羌江，清溪、三峡、渝洲。使后人为之，不胜痕迹矣，益见此老炉锤之妙。"这首诗就像诗人脚下的行船一样，走过"峨眉山—平羌江—清溪—三峡—渝州"，一路向前，短短二十八个字表现了极丰富的时空变化，在读者面前缓缓展开了一幅千里蜀江行旅图卷。

余光中先生歌咏诗仙"酒入豪肠，七分酿成了月光"，更有人说李白把最好的诗词都献给了月亮。有着太阳般炽烈性格的大诗人，却将心底最浪漫细腻的情感都寄托于天边皎白的明月。月亮对于李白而言，是儿时对未知世界的好奇，"小时不识月，呼作白玉盘。又疑瑶台镜，飞在青云端"（《古朗月行》）；是孤独时共饮的酒伴，"花间一壶酒，独酌无相亲。举杯邀明月，对影成三人"（《月下独酌》）；是生活失意时的心灵抚慰，"今人不见古时月，今月曾经照古人。古人今人若流水，共看明月皆如此"（《把酒问月·故人贾淳令予问之》）。

在此诗中，这一轮山月又成为诗人心底深刻的乡愁。"峨眉山月"不仅照亮了诗人前路，也与诗人万里相随，它是诗人家乡的风物，家乡的象征。家乡的山月遥远而又亲切，一如家乡的亲友，永远停留在诗人心中。

鹧 鸪 天

［宋］辛弃疾

晚日寒鸦一片愁①，柳塘新绿却温柔。

若教眼底无离恨，不信人间有白头。

肠已断，泪难收，相思重上小红楼②。

情知已被山遮断，频倚阑干不自由。

【鉴赏】

　　辛弃疾（1140—1207），字幼安，别号稼轩居士，山东东路济南府历城县
（今济南市历城区）人。他出生于金国，青年时参与起义，回归南宋。先后率军
驻守江西、湖南、福建等地，创制飞虎军，稳定湖湘地区，是南宋朝廷中积极的
主战派。然而他回归南宋后的仕途却并不顺利，由于与当政的主和派政见相左，
故而屡遭弹劾。

　　宋孝宗淳熙八年（1181年）十一月，辛弃疾再次遭遇弹劾被罢官，万般无
奈之下隐居上饶。这首词当是作于此时，是他在乡间闲居时的作品之一。值得一
提的是，该词并不是词人的第一视角，而是他代一位妇人所作，表达了女子在爱
人离去之后，相思悲伤的心境。

　　词的头两句"晚日寒鸦一片愁。柳塘新绿却温柔"，记写的是女主人公送别
意中人后的眼中风景：夕阳的余晖染红天际，寒鸦归巢勾起我一片愁绪，只有池
塘边的柳树吐露新芽，给我的心头填上了一丝温柔。画面中，夕阳余晖逐渐散

去，夜幕缓缓拉开，女主人公正在为刚刚的离别而伤心，寒鸦相伴归巢，更是引起了她心中的惆怅和对爱人的思念，而"柳塘新绿"，又在失意中唤起一丝希望，或是对往昔温馨时光的回忆。这"温柔"的感情十分微妙，耐人寻味。"若教眼底无离恨，不信人间有白头。"女主人公的情绪在反复的纠结中似乎达到了将要爆发的边缘，她告诉自己：如果不是经历了这样一番离别，深深地体会到了肝肠寸断的滋味，我本来都不相信这世间有一夜白头的故事。这"白头"并非是真实出现的结果，它是女主人公自己的感受，她觉得一定会因为思念而一夜白头。这两句是首句中"愁"的升华。

"肠已断，泪难收。"六个字将女主人公的情绪推到极致，相思断肠，泣泪难收。"相思重上小红楼"句，则关注一个"重"字，指一而再，再而三地重复一件事。女主人公自从送走爱人后，便不曾展颜笑过，终日以泪洗面，一次又一次地爬上小楼眺望，即便望不见任何人影，但还要借助这个行为来安慰自己。最后两句"情知已被山遮断，频倚阑干不自由"描写女主人公的心理活动。其实，她心中明确地知道，她的心上人所去的地方，山高路远，自己无论怎么眺望都不可能看得到，但还是无意识地倚着栏杆，一望便是一天。相思之深，不言而喻。

辛弃疾而今存词六百余首，是两宋现存词作最多的作家。他的词作多以国家、民族等现实问题为题材，抒发慷慨激昂的爱国之情，代表作如《破阵子》《满江红》《永遇乐》《摸鱼儿》等。这首《鹧鸪天》在辛词中是比较特别的一首，抛却了豪迈的英雄气概，风格婉约缠绵，深情感人，展现了词人性格中温柔细腻的一面。

元　日

[唐] 李世民

高轩暧春色^①，邃阁媚朝光^②。

彤庭飞彩旆^③，翠幌曜明珰^④。

恭己临四极，垂衣驭八荒。

霜戟列丹陛^⑤，丝竹韵长廊。

穆矣熏风茂^⑥，康哉帝道昌。

继文遵后轨^⑦，循古鉴前王。

草秀故春色，梅艳昔年妆。

巨川思欲济，终以寄舟航。

【注释】

① 暧：隐蔽。

② 邃阁：深幽的楼阁。

③ 彩旆（pèi）：彩色的旌旗。旆，古代旗末端状如燕尾的垂旒，泛指旌旗。

④ 明珰：用珠玉串成的妆饰品。

⑤ 丹陛：宫殿红色的阶梯。

⑥ 熏风：和暖的南风或东南风。

⑦ 后轨：后世遵循的模范准则。

【鉴赏】

　　唐太宗李世民十分重视文艺，在位时曾设文学馆、弘文馆等官署部门，招延奖掖文人学士。他还亲自修史，于诗文方面均有成就。《旧唐书·经籍志下》著录《唐太宗集》三十卷，《新唐书·艺文志四》著录四十卷，《全唐文》录其文七卷。这首《元日》文辞中处处彰显君王身份，表达了他要效仿古代明君，励精图治，使海晏河清，八方安定的心愿。

　　诗歌的前四句描写宫廷节日华丽的场景。高高的轩台与明媚的春色交相辉映，深邃的楼阁沐浴在朝阳的辉光。在那红色的宫墙之上彩色的旗帜迎风招展，翠色珠帘与宫女们身上的玉饰相映成辉。只有盛世太平，才能安享这份繁华美好。因此诗人接下来马上申明自己的成就"恭己临四极，垂衣驭八荒"："我"效仿了那些古代的明君们，恭谨克制、兢兢业业地治理国家，终于换来这八方安定、四海升平。短短十个字，鲜明地流露出这位明君的自信和骄傲。

七、八句又回到对节日宫廷宴会的描写：皇家的节日气氛自然与市井的嬉闹不同，大殿丹红的阶梯之下，卫兵整齐列队，戟戈森森分明，彰显着皇家的气度，长廊里回荡着悠扬的丝竹乐声，一切都在喜悦中透着庄严。在这样的气氛下，诗人再次发出慨叹，许下宏愿："穆矣熏风茂，康哉帝道昌。继文遵后轨，循古鉴前王。"恭敬和暖之风吹拂着华夏大地，康盛的帝王之道，运途昌隆。我将会继承圣贤周文王的事业，遵循他的先轨，借鉴古代帝王们成败的经验，励精图治，好好地治理国家。这里的"风"并非一般的自然之风，而是有着移风易俗、教化革新的意义。

"草秀故春色，梅艳昔年妆。"两句描绘元日的自然风光。春天来了，小草又像从前那样在春风里摇摆了它细嫩的身姿，娇艳的梅花也像往年一般如约绽放。自然中的一切不会人事的变化而改变，但国家却要仰赖人民百姓的支持，才能长治久安。由此引出了最后一句，身为君主的表白："巨川思欲济，终以寄舟航。"我想渡过巨大的河流到达彼岸，最终还要依靠舟船才能成行。李世民曾多次引用"水能载舟，亦能覆舟"的论点来形容君主和百姓的关系，此处他把国家事务比喻成天堑大河，把百姓的支持比喻为渡河的舟船，意思是要依靠民众的力量和支持，才能治理好国家。

作为一代明君，李世民武能驰骋疆场、定国安邦，文能挥斥方遒、济世安民，实属难得。在年节到来，举国欢庆之日，他挥毫提笔叙写宫廷盛景，礼赞家国安康、八方朝贺的盛世，抒发了与群臣百姓同舟共济、共治天下的情怀。

十五夜望月寄杜郎中

[唐] 王　建

中庭地白树栖鸦^①，冷露无声湿桂花^②。
今夜月明人尽望，不知秋思落谁家^③。

【注释】

① 地白：指月光照在庭院的样子。

② 冷露：秋天的露水。

③ 秋思：指怀人的思绪。

【鉴赏】

唐代诗人王建（约767—约830），字仲初，颍川（今河南许昌）人。他出身贫寒，虽做过一些小官，但一生穷困潦倒，"从军走马十三年"，"终日忧衣食"。他的诗作中往往流露出浓厚的生活气息，思想较为深刻。这首诗是诗人在中秋佳节与朋友相聚时所作，是唐代中秋诗歌中的名篇。

首句"中庭地白树栖鸦"，描写月光照射在庭院当中，地上银白一片，萧森的树荫里，夜已深沉，颇有一些"床前明月光，疑是地上霜"的意境。而"栖鸦"说的是聒噪的寒鸦停在树梢，鸦雀此时都安安静静地进入了梦乡，这是因静联想到的"声"，因"无声"故而意识到这是因为鸟儿都入睡了，所以世界都安静了。如果说首句写的是中秋夜的"色"和"声"，那么次句"冷露无声湿桂花"，则是写的中秋夜的"香"。秋夜寒凉，露水凝结在树梢，打湿了枝头的桂花。寒露和桂花的冷香，仿佛沁出纸笔，萦绕在读者鼻端，带给人丰富的联想。

"今夜月明人尽望，不知秋思落谁家。""千里共婵娟"是中秋赏月的共同主题，这里却使用一个问句：今夜所有人都在赏望同一轮明月，但那缕缕相思又会落在谁的心头上呢？同时同望同一轮月亮，人却各不相同，思绪也有千千万万。

诗人采用了委婉的疑问语气，不直言自己怀人，偏要询问"秋思落谁家"？这问句的答案不正是诗人自己嘛！

"中秋"起源于中国，是汉文化圈的重要节日。"每逢佳节倍思亲"，起源于上古，普及于两汉，定型于李唐，盛行于宋朝以后的中秋节，在文人墨客的笔下体现出了独具特色的文化价值。又因它正值农历的八月十五月圆之日，所以在古时又有月夕、追月节、玩月节、拜月节等称谓。对于中国人而言，中秋的月亮有着别样的情怀，它是浪漫、是收获，更是思念与团圆的象征。

月亮本就是古典文学的代表意象，中秋月又因其特殊的时令感，饱含着团圆的祈愿和深沉的乡思。张九龄的"海上生明月，天涯共此时"（《望月怀远》），李峤的"圆魄上寒空，皆言四海同。安知千里外，不有雨兼风"（《中秋月》），徐有贞的"阴晴圆缺都休说。且喜人间好时节。好时节。愿得年年，常见中秋月"（《中秋月》），皆是中秋赏月吟月的经典之作。而王建的这首《十五夜望月寄杜郎中》是一首中秋之夜望月怀人的七言绝句，和其他中秋望月诗相比，诗意相似，意境相似，但表达方式却更加有创造性，诗中有画，画中有人，将相思念远的情意，表现得委婉动人。

古 怨 别

[唐] 孟 郊

飒飒秋风生^①，愁人怨离别。

含情两相向^②，欲语气先咽^③。

心曲千万端^④，悲来却难说。

别后唯所思，天涯共明月。

【注释】

① 飒飒：形容秋风吹的声音。

② 相向：面对面。

③ 气先咽：因为伤心而哽咽，气塞声断，讲不出话来。

④ 心曲：心事。

【鉴赏】

孟郊（751—814），字东野，湖州武康（今浙江德清）人，因其诗作多写世态炎凉，民间苦难，故有"诗囚"之称。孟郊现存诗歌五百余首，以短篇的五言古诗最多。孟郊诗歌的内容主要以描写中下层文士的穷愁困苦生活和怨怼情绪为主，闻一多先生认为："最能结合自己生活实践继承发扬杜甫写实精神，为写实诗歌继续向前发展开出一条新路的，似乎应该是终身苦吟的孟东野。"（《唐诗杂记》）不过这首诗作与孟郊作品的常见风格不同，它是一首描写情人离愁的委婉情歌。

本诗的一、二句"飒飒秋风生，愁人怨离别"交代离别的时间。寒凉萧瑟的季节，一对相濡以沫、厮守一生的夫妻，因生活所迫不得不分离。中间两联描写二人分别时的情状：含情脉脉，两相凝望，欲说不能，声先哽咽，心中纵有千言万语，悲上心头却难以言说。此情此景，伤心至极。苏轼《江城子》的"相顾无言，唯有泪千行"、柳永《雨霖铃》的"执手相看泪眼，竟无语凝噎"等都与

"含情"两句颇有异曲同工之妙。最后两句"别后唯所思，天涯共明月"是离别人对彼此的深情倾诉：分别以后，我们的相思之情恐怕也无处诉说，唯一能做的就是各在天涯两端，遥望天上那一轮明月。这是无可奈何之下发出的"但愿人长久，千里共婵娟"的祝愿。

"秋心合成愁"，"悲秋"是古典诗歌亘古不变的主题。"悲哉秋之为气也！萧瑟兮草木摇落而变衰。"（宋玉《九辩》）自然世界的秋天是霜寒风冷、万物凋零，文学中的秋天盛极转衰、繁华消逝。《管子》言："人与天调，然后天地之美生。"当自然万物与人事变迁融汇一体时，世界之真美就在文字之间缓缓呈现。"悲秋"主题下有许多子意象：如"秋蝉"——"居高声自远，非是藉秋风"（虞世南《蝉》），"秋雨"——"梧桐更兼细雨，到黄昏、点点滴滴。这次第，怎一个愁字了得"（李清照《声声慢》），"落叶"——"无端木叶萧萧下，更与愁人作雨声"（陆游《落叶》），"秋草"——"看蓬门秋草，年年破巷，疏窗细雨，夜夜孤灯"（郑板桥《沁园春·恨》），等等，而这首诗选择了最常见的"秋风"。

孟郊曾以乐府《古离别》为题，写作一首五言诗："欲别牵郎衣，郎今到何处？不恨归来迟，莫向临邛去。"描写一名女子与爱人依依惜别的场景，文辞质朴清新，颇有乐府民歌的韵味。这首《古怨别》可看作是《古离别》的姊妹篇。苏轼在《读孟郊诗》中说他"诗从肺腑出，出则愁肺腑"。孟郊诗苦，正与他人生遭际密不可分，叙事愁苦，抒情哀苦，这篇作品正是如此！

满 江 红

[近代] 秋　瑾

小住京华①，早又是、中秋佳节。为篱下、黄花开遍，秋容如拭②。四面歌残终破楚③，八年风味徒思浙④。苦将侬、强派作蛾眉⑤，殊未屑！

身不得，男儿列。心却比，男儿烈！算平生肝胆，因人常热。俗子胸襟谁识我？英雄末路当磨折。莽红尘⑥、何处觅知音？青衫湿！

【注释】

① 小住：暂时居住。京华：京城的美称，这里指北京。

② 秋容如拭：秋色明净，就像刚刚擦洗过一般。

③ "四面"句：列强逼近，中国前途危在旦夕。此处用《史记·项羽本纪》"夜闻汉军四面皆楚歌，项王乃大惊"故事。

④ "八年"句：八年来空想着故乡浙江的风味。八年，秋瑾自光绪二十二年（1896年）在湖南结婚，到作词时恰好八年。

⑤ 蛾眉：本指女子的眉毛，此代指女子。

⑥ 莽红尘：即大千世界。

【鉴赏】

　　近代著名的民主革命志士秋瑾十八岁时，嫁给湖南人王廷钧。1898年前后她随丈夫到了北京，在这期间她接受了新思想、新文化。1903年，正值八国联军入侵后不久，接受了救国救亡新思想的秋瑾决心投身救国事业，但其丈夫本就是个无心国事的纨绔子弟，这年中秋节，秋瑾与丈夫发生激烈的冲突，她愤而离家出走，独自寓居在北京阜成门外的泰顺客栈。这首词是她在这年中秋节创作的述怀之作，词中反映了她在封建婚姻家庭和旧礼教的束缚中，走向革命道路前夕的苦闷彷徨和雄心壮志的开阔胸怀。

词的上阕主要表达了作者自己初离家庭时的矛盾心情。"小住京华，早又是、中秋佳节"，点明写作的时间和地点。"小住"是短暂的驻留，因此时词人寓居北京不久，但生活上已经饱尝失意，认为自己终究是要离开这个伤心地的，故而才有此感慨。秋瑾与丈夫王廷均结婚八年，表面上过着富贵的上等人生活，实际上身心却备受压抑。"为篱下、黄花开遍，秋容如拭"，以秋菊自喻。一方面她借萧瑟秋景，寒风晚菊，暗喻自己形容憔悴；另一方面，词人有借秋菊临霜不败的气节风骨，表达自己不屈不挠，绝不向现实屈服的坚强意志。"四面歌残终破楚"，援引项羽兵败垓下的故事，借指国事艰难，表达了词人希望投身革命，拯救国家的宏愿。而"八年风味徒思浙"，又写出了词人对家乡的深深思念。自古家国难两全，女词人在此处显示出了巾帼不让须眉的宽广胸怀。"苦将侬、强派作蛾眉，殊未屑！"三句，则表达了词人对男女平等的追求，她发誓自己绝不做那樊笼中供男子豢养赏玩的金丝雀，立志要破空飞起，展翅海天，实现自己的人生理想和价值。

下阕继续抒发词人的悲愤之情。"身不得，男儿列。心却比，男儿烈！"四句正是"女侠"气质的自我表达。先抑后扬，利用对比变化，来抒写她的抱负、志向和思想感情的转变。"算平生肝胆，因人常热。"女词人在新的环境下，接受了新思潮的启蒙，毅然决然地决心改变自己，抛弃小我，为至高的救亡图存的理想而奋斗。彼时，秋瑾因穿着男装独自去看了一场戏，而遭到了丈夫的暴力辱打。原本对丈夫的鄙视和不满达到了顶点，于是从心底深处发出了"俗子胸襟谁识我？英雄末路当磨折。莽红尘、何处觅知音？青衫湿！"的感叹。也许她曾寄希望于得到丈夫的理解和支持，此后志同道合的两个人可以携手并肩，做一番真正的事业。但这一打，打醒了她的幻想，也让她明了继续维持现下生活，她的人生将只有绝望。于是她坚决地离开了共同生活八年的丈夫，把儿女送回绍兴娘家母亲抚养，只身东渡日本，投入到她为之奉献生命的革命事业之中。

　　这首词由词人在团圆佳节被触动乡思写起，抒发了词人不甘向现实妥协、勇于改变自己，却又因壮志难酬、忧伤悲愤的复杂心情；格调悲壮沉郁，气魄满纸，读来荡气回肠，令人肃然起敬。

秋兴八首·其四

［唐］杜 甫

闻道长安似弈棋^①，百年世事不胜悲。
王侯第宅皆新主，文武衣冠异昔时。
直北关山金鼓振^②，征西车马羽书驰^③。
鱼龙寂寞秋江冷，故国平居有所思^④。

【注释】

① 似弈棋：长安政局像下棋一样反复变化，局势不明。
② 直北：正北，指与北边回纥之间的战事。金鼓振：指有战事，金鼓为军中以明号令之物。
③ 征西：指与西边吐蕃之间的战事。羽书：即羽檄，插着羽毛的军用紧急公文。
④ 故国：指长安。

【鉴赏】

唐代宗大历元年（766年），杜甫来到夔州，受到夔州都督柏茂林的照顾，得以在夔州暂住。这一时期，诗人的创作达到了高潮，《秋兴八首》就是其中之一。持续八年的安史之乱，至广德元年（763年）始告结束，吐蕃、回纥乘虚而入，藩镇拥兵割据，战乱时起。杜甫自唐肃宗乾元二年（759年）弃官，此后数年间他与家人饱经战乱，居无定所，再加上晚年多病，知交零落，壮志难酬，在非常寂寞抑郁的心境下创作了这组诗。此处选择了其中的第四首，内容上安史之乱为中心，描写战争中的长安情状，感叹时局多变，边境纷扰，抒发了诗人的故园之思。全诗虚实对比，以景结情，余味深远。

首联"闻道长安似弈棋，百年世事不胜悲"起笔叙事。诗人听到消息，说长安城现在政局复杂多变，李唐王朝百年基业毁于一旦，世事无常，不胜悲伤。当时长安先后破于安禄山、史思明之手，后又被吐蕃攻陷，中央政权彼争此夺，反复不定，百姓朝不保夕，社会持续动荡不安。

　　颔联"王侯第宅皆新主，文武衣冠异昔时"，承接首联诗意，具体描写长安"如弈棋"的混乱状况。过去的王侯宅院而今都换了新的主人，文武官员的服饰也换来换去，唐王朝中央政府的典章制度都已被废弃，人在其中身不由己，没个定法。

　　颈联"直北关山金鼓振，征西车马羽书驰"，诗人的视角由长安城转向平定祸乱的战场。诗人所在的夔州的正北方即是长安、洛阳等地，李唐王朝的政权核心区域。此时吐蕃攻陷长安，回纥也趁乱入侵中原，党项和羌人侵犯同州（今陕西渭南大荔县），军情复杂多变，时局危急。

　　前三联都是诗人由"闻道"而产生的联想，尾联"鱼龙寂寞秋江冷，故国平居有所思"，诗人最终将视线转回自己眼前的生活处境。外界纷纷扰扰，混战不休，诗人身处西南，生活环境倒还平静安稳。然而他看着眼前秋江寒气阵阵，江里的鱼龙自在悠游，却觉得应该对这种安居的日子有所思量了。

　　古典诗词中的"鱼龙"一般指鳞介水族生物，如庾信的《哀江南赋》"草木之遇阳春，鱼龙之逢风雨"，张若虚的《春江花月夜》"鸿雁长飞光不度，鱼龙潜跃水成文"，明人李贽的《环阳楼晚眺得碁字》"水底鱼龙醒，花间鸟鹊饥"，皆取此意。有时它也比喻品质高下不同的人，如罗隐的《西塞山》"波阔鱼龙应混杂，壁色猨狄正奸顽"。在此诗中的"鱼龙"兼有两种含义，它既是现实中的水中生物，也是诗人的自喻。杜甫常常怀念昔日在长安的日子，看似平静的生活从没有折灭诗人心底的家国之爱、故国情思。

【心】

如矿出金，如铅出银。

超心炼冶，绝爱缁磷。

越 人 歌

[先秦] 佚 名

今夕何夕兮，搴洲中流①。

今日何日兮，得与王子同舟②。

蒙羞被好兮，不訾诟耻③。

心几烦而不绝兮，得知王子。

山有木兮木有枝，心悦君兮君不知。

【注释】

① 搴（qiān）：拔。洲：亦作"舟"。
② 王子：指公子黑肱（？—前529），字子皙，春秋时期楚国的王子。
③ 被：同"披"，覆盖。訾（zǐ）：说坏话。

【鉴赏】

　　《越人歌》被文学界奉为"楚辞"的源头之一。它最早收录于西汉刘向的《说苑》卷十一《善说》第十三则之中。《说苑》这部书中记录了先秦以至秦汉时期许多流行于民间的故事、传说，"襄成君始封之日"就是其中的一篇。

　　这则故事讲的是楚国襄成君在被册封受爵那天，身着华服伫立在河边。被楚大夫庄辛看见，欲上前行礼并握襄城君的手。襄成君认为庄辛得举动十分越礼，故不予理睬。于是庄辛洗了手，给襄成君讲了一个关于楚国鄂君的故事："一日，楚灵王弟鄂君子皙在河中游玩，钟鼓齐鸣，十分快乐。当时摇船的船夫是一位越人，船夫趁乐声间隙，抱着双桨唱了一支越语歌。鄂君子皙听不懂，叫人翻译成楚语，于是就有了上面的这首歌谣。鄂君子皙在明白歌意后，不但没有生气，还接受了船夫的告白。"庄辛借这个故事问襄成君："鄂君身份高贵仍可以与越人船夫交好，我为何不能握你的手呢？"于是襄成君便接受了他的握手。

这首歌谣委婉动听，浪漫摇曳，唱出了越人对鄂君子皙真挚的爱慕之情。《北堂书钞》《艺文类聚》《太平御览》《说苑》等都载此诗。

诗歌起首两句叙事，陈述歌者抒情的缘由，自己有幸能与王子共同泛舟江上，内心激荡意绪万千。"今夕何夕""今日何日"这样的句式，字面上看是说时间，实际上是歌者对自己的反复追问，强调他内心的无比激动，难以控制。

"蒙羞被好兮不訾诟耻，心几烦而不绝兮得知王子"两句描述歌者的心情。他面对自己倾心爱慕的对象，一方面激动不已，急于表达自己的爱慕，另一方面又满怀羞涩，害怕自己唐突了贵人。

最后两句"山有木兮木有枝，心悦君兮君不知"运用比兴修辞，"枝"与"知"的谐音双关，意思是说山上有树，树上有枝，顺理成章，那么在人与人之间会产生倾慕之心也是十分自然的，只是自己的这份感情往往只能深埋心底，难以表达，只有自己唱给自己听。假如我们回到当时的情境中去，越人歌者用自己的语言歌唱心中的爱恋，他一定忐忑忑忑，以为对方听不懂自己的心声，又十分渴望对方能够听到自己的告白，这就是爱情最纯真美好的样子。

古越人生活的地理环境，温热潮湿，雨量充沛，河网纵横，故而他们多熟谙水性，善操舟楫。从语言上，越人的语言自成一派，难于和一般华夏人沟通，但由于当时楚国对南越之地的深入开发，越人与楚人往来日渐频繁，习得双语者众多，故而也就有了《越人歌》今天的样子。这首歌谣被普遍认为是中国最早的翻译作品，歌中唱出了越人船夫对鄂君子皙真挚的爱慕之情，是古代楚越地方文化交流的重要见证，对楚辞创作有着深远影响。

定 风 波

[宋] 苏 轼

常羡人间琢玉郎①，天应乞与点酥娘②。尽道清歌传皓齿，风起，雪飞炎海变清凉③。

万里归来年愈少，微笑，笑时犹带岭梅香④。试问岭南应不好，却道，此心安处是吾乡。

【注释】

① 琢玉郎：指王定国。玉郎，为女子对丈夫或情人的爱称。

② 点酥娘：指柔奴。意为肤如凝脂般光洁细腻的美女。

③ 炎海：喻酷热。

④ 岭梅：大庾岭的梅花。大庾岭为沟通岭南岭北的要道，道旁多梅树，又称"梅岭"。

【鉴赏】

定风波词牌，也作"定风波令"，这首词前有序云："王定国歌儿曰柔奴，姓宇文氏，眉目娟丽，善应对，家世住京师。定国南迁归，余问柔：'广南风土，应是不好？'柔对曰：'此心安处，便是吾乡。'因为缀词云。"这首词就是词人写给柔奴的一首赞美诗。词中不仅细致描绘了歌女柔奴美丽的姿容和高超的才艺，也赞美了她的美好情操和高洁人品。

词的上阕描写柔奴的外貌之美，开篇两句"常羡人间琢玉郎，天应乞与点酥娘"，说"我"常常会羡慕这世间那些如玉雕琢般丰神俊朗的男子，因为就连上天也偏爱他，赠予他柔美聪慧的佳人与之相伴。一语双关，同时称赞了自己的朋友王定国和歌妓柔奴。下三句"尽道清歌传皓齿，风起，雪飞炎海变清凉"称赞柔奴的歌艺非凡：她能自己创作歌曲，每当清亮悦耳的歌声从她芳洁的口中传出，都令人感到如同凉风吹起，薄雪飘飞，使炎热的暑地瞬间变成清凉之乡。这里用"炎海"暗指王定国因仕途失意而苦闷焦躁的心境，夸张地表现柔奴歌声之动人，说她的歌声她的陪伴是王定国能够平静度过南迁生活的极大助力。

词下阕的前三句描摹柔奴的精神状态。"年愈少"勾勒她的神态容貌：岭南艰苦的生活并没有摧折她的美，在度过了艰难的岁月之后，她带着满满的自豪感归来，反而更加容光焕发，仿佛年轻了许多。但是岭南的生活已经牢牢地刻印在她的记忆中，以至于她在"笑时犹带岭梅香"。此处以梅花喻人，赞美柔奴不畏困难，积极生活的坚强意志。最后两句记叙自己与柔奴之间的对话："试问岭南应不好？"这是一般人对岭南的印象，也是词人心中的忧心探问。人们自然而然会觉得像柔奴这样娇弱的女子一定很难适应南方艰难的生活，但柔奴的回答却出乎所有人意料，"却道"正写出了词人的诧异。柔奴说"此心安处是吾乡"字里行间充满了随缘安适的乐观豁达，而词人自己也在这个回答中找到了自己的人生态度和处世哲学。

历代文人写作的赞美女性的诗词有很多，在一些的男性视角的作品中，女性往往被物化为眼中欣赏的"美景"，像王昌龄的《西宫秋怨》"芙蓉不及美人妆，水殿风来珠翠香"，韦庄的《菩萨蛮》"垆边人似月，皓腕凝霜雪"，杜甫的《美人行》"态浓意远淑且真，肌理细致骨血匀"，皆有此意。苏轼的这首词却另辟蹊径，用明快简练的语言，赞美了柔奴身处逆境而安之若素的可贵品格，但没有像唐人徐凝《和白使君木兰花》诗中赞美花木兰那样——"枝枝转势雕弓动，片片摇光玉剑斜。见说木兰征戍女，不知那作酒边花"——把柔奴和男子作比。行笔之间，一个血肉丰满，性灵高贵的崭新的女性形象跃然纸上。

小 重 山

[宋]岳 飞

昨夜寒蛩不住鸣①。惊回千里梦②，已三
更。起来独自绕阶行。人悄悄，帘外月
胧明③。

白首为功名④。旧山松竹老⑤，阻归程。
欲将心事付瑶琴⑥。知音少，弦断有
谁听。

【注释】

① 寒蛩：秋天的蟋蟀。

② 千里梦：指词人在梦里赴千里外
杀敌报国。

③ 月胧明：月光不明。胧，朦胧。

④ 功名：指驱逐金兵，收复失地，
建功立业。

⑤ 旧山：家乡的山。

⑥ 瑶琴：即古琴。春秋时期，有伯
牙子期"高山流水遇知音"的故事。

【鉴赏】

　　岳飞（1103—1142），字鹏举，相州汤阴（今河南汤阴）人，南宋时期抗金
名将、军事家、战略家、民族英雄、书法家、诗人。自宋高宗建炎二年（1128
年）至绍兴十一年（1141 年），他先后四次从军，力主抗金，参与、指挥大小的
战斗难以计数。绍兴六年至绍兴七年岳飞准备北上灭金，大举收复中原，但受到
宋高宗及朝内主和派的横加阻挠，主战派多人受到迫害，大好河山沦入金人之
手。在这样的情势下，岳飞写下了这首词宣泄自己内心的极度愤懑。

　　词的上阕重在写景。诗人想起昨日午夜惊梦，惆怅难眠，揽衣徘徊。深秋寒
夜里蟋蟀不通人事，一直烦躁不停地鸣叫，使词人从金戈铁马的梦中惊醒，睁开
眼发现当时已是夜半三更。"不住""惊回""千里"这些有着深刻情绪的词汇，
将词人的感情层层推进，催逼着词人心中的隐忧和悲愤。梦醒难眠怎么办？"起

来独自绕阶行，人悄悄，帘外月胧明。"一个人独自在台阶前徘徊，夜深人静，万籁俱寂，只有天上的月亮投下清冷的月光，有一种"众人皆醉我独醒"的孤寂和凄凉。

下阕前三句，慨叹岁月如流，家乡长久沦陷，归期遥遥无望。岳飞是相州汤阴人，他二十岁从军，一生出生入死，与金兵浴血奋战，一晃十余年，光阴飞逝，空有满头白发，壮志难酬，故园依然在金军占领之下无法收复。但这里的"阻归程"，并非是字面意义上的道远山高，路途艰难，而是暗含了对投降派屈辱求和的谴责，词人不便明言，只能用含蓄的表现手法委婉表达心意。这样沉重的心事郁积在心中无人可以倾诉，想把这满腹心事融入琴曲，可高山流水了无知音，根本不会有人理解聆听。人们在孤立无援的情况下，总是想要竭力去寻找心灵的对话者，"不惜歌者苦，但伤知音稀"（东汉佚名《古诗十九首·其五》），然而"钟期不可遇，谁辨曲中心"（唐释彪《宝琴》）。词的最后三句用高山流水觅知音的典故和瑶琴意象共同营造了一个静谧凄惶的环境空间，表达了词人孤立危险的处境和抱负难以实现的痛苦。

比岳飞稍晚一些出现在文坛的词人刘过曾写下一首《念奴娇·留别辛稼轩》："知音者少，算乾坤许大，著身何处。直待功成方肯退，何日可寻归路。多景楼前，垂虹亭下，一枕眠秋雨。虚名相误，十年枉费辛苦。"意境与情怀与岳飞之作异曲同工，这恐怕是这些爱国的文人志士共同的心声吧。

这首《小重山》虽然远不及《满江红》那样家喻户晓，但是词人通过不同艺术表达方式，传达了一样的爱国情怀。如果说《满江红》是一杯烈酒，慷慨激昂，直指人心；那么这首《小重山》则是一碗苦茶，含蓄委婉，沉郁苍凉。

闻王昌龄左迁龙标遥有此寄

[唐] 李 白

杨花落尽子规啼①，闻道龙标过五溪②。
我寄愁心与明月，随风直到夜郎西③。

【注释】

① 杨花：柳絮。子规：即杜鹃鸟，其啼声哀婉凄切。

② 龙标：指王昌龄，古人常用官职或任官之地来称呼一个人。五溪：是武溪、巫溪、酉溪、沅溪、辰溪的总称，在今湖南省西部。

③ 夜郎：古代少数民族国名，在贵州西部。此处为唐代夜郎县，在今湖南。

【鉴赏】

　　李白和王昌龄之间的忘年之交历来被世人称道，在李白的诗作中明确提及王昌龄名字的共有三首，除这首《闻王昌龄左迁龙标遥有此寄》外，还有两篇《同王昌龄送族弟襄归桂阳》诗，不过无论是从文学价值还是传颂程度等各方面来看，都以此诗最为优秀。

　　从诗题来看，古人尊右卑左，因此一般把降职称为左迁。唐玄宗天宝年间（753年）王昌龄从江宁（今南京）丞被贬为龙标（今湖南黔阳）县尉。李白在扬州听到好友王昌龄被贬的消息后写下了这首诗。据《新唐书·文艺传》记载，王昌龄被贬是因为"不护细行"，也就是说他只是因为一些生活小节不够检点而被贬官，这个原因当然不能服众。就像他在《芙蓉楼送辛渐》一诗中自陈的那样："洛阳亲友如相问，一片冰心在玉壶。"王昌龄深知自己实际上是无辜获罪，但又无处申辩，只能默默接受忍耐。因此李白才在听到他不幸的遭遇以后，写了这一首充满同情和关切的诗篇，远道寄给他，聊表安慰和思念。

诗的首句"杨花落尽子规啼"以景色描绘点明时令季节，大致是农历的二三月份，由春入夏的时节。"杨花"即柳絮，是漂泊无依的意象，而总是朝着北方鸣叫着"不如归去"的杜鹃鸟，也寄予着深切的思念之情。第二句"闻道龙标过五溪"直述其事，诗人在一个伤感的暮春时节，骤然听说自己的知己好友因莫名其妙的缘故被贬去了不毛之地。三、四句诗人用近似男女爱情的表达方式来抒写志同道合的真挚友情："我寄愁心与明月，随风直到夜郎西。"两人相隔两地，路途遥远，"我"尽管满腹忧愁，但无法为你做些什么，只好将一片心意寄予头上同一轮明月，让惦念随着清风飘到你的身边，捎去我的思念。唐代在今贵州桐梓和湖南沅陵等地设过夜郎县。王昌龄被贬之地即在湖南，而李白当时在扬州，所以说自己的心意要"随风直到夜郎西"。

盛唐诗人的友谊佳话，最为后人称道的要数孟浩然、李白和王昌龄三人。孟浩然与王昌龄同岁，都生于 689 年，李白生于 701 年，比王孟二人小十一岁，算是忘年之交。细观三人生平，皆有高才盛名却仕途困顿，惺惺相惜的情感也许就是这份长久友谊的原因所在。唐玄宗开元二十八年（740 年），王昌龄途经襄阳，拜访了当时在襄阳养病的孟浩然，不幸的是当年孟浩然就因病去世。不久之后游历川蜀的李白行至巴陵，偶遇王昌龄，二人本就倾慕已久，又同是孟浩然的挚友，一见如故，引为知己。当时王昌龄写下一首《巴陵送李十二》："摇曳巴陵洲渚分，清江传语便风闻。山长不见秋城色，日暮蒹葭空水云。"见证了二人友谊的开端。此后十数年间，这份友谊并没有因为时空的阻隔而淡化，反而在生活的不断磨砺中愈加深厚，成为流传后世的文坛佳话。

海棠春·己未清明对海棠有赋

[宋] 吴 潜

海棠亭午沾疏雨^①。便一饷^②、胭脂尽吐^③。老去惜花心，相对花无语。

羽书万里飞来处^④。报扫荡、狐嗥兔舞^⑤。濯锦古江头^⑥，飞景还如许^⑦。

【注释】

① 疏雨：细雨。

② 一饷：吃一顿饭的时间，片刻。

③ 胭脂：用于化妆或者作画的红色颜料，此处指鲜艳的花朵。

④ 羽书：古代的紧急军事文书插有羽毛，故称。

⑤ 狐嗥兔舞：狐狸叫，兔子跳，指蒙古军队的侵犯。

⑥ 濯锦古江：即锦江。代指遭受战火的四川。

⑦ 飞景：宝剑名。曹丕《典论·剑铭》记载，曹丕造百辟宝剑，名为飞景。

【鉴赏】

作者吴潜（1195—1262），字毅夫，号履斋，宣州宁国（今属安徽）人，南宋著名政治家、文学家。吴潜生活在南宋末年，国家内忧外患，社会动荡不安。他一生宦海沉浮，几经危难，最终却被冤杀于循州（今广东惠阳）。宝祐四年（1256 年）春，吴潜以观文殿大学士授沿海制置大使、知庆元府。吴潜在庆元（今浙江宁波）三年，勤政爱民，兴修水利，同时依然心系国事，时刻为在北方强敌威胁中的国家担忧。这首词便是作于庆元任上，借赋咏海棠来抒发自己对家国的忧虑和壮心不已的豪情。

"海棠亭午沾疏雨，便一饷、胭脂尽吐。"清明时节，万物蓬勃生长，中午刚下了一场小雨，转瞬间海棠花就争相绽放，开得如火如荼了。"一饷""尽吐"都极言花开之快，观赏者的诧异被十分传神地表达。"老去惜花心，相对花无语。"而此时词人却已人至暮年，心境早已磨炼得苍老疲惫。红花白首，青春垂暮，相对无语，无限寂寞。

下阕词人的思绪从眼前的海棠花转向宋军与元军在四川的战争。自1234年，蒙古国发起了灭亡南宋的战争，到1279年南宋灭亡的四十五年间，蒙古人和南宋军队在四川进行了难以计数的攻防战。"羽书万里飞来处，报扫荡、狐嗥兔舞。"从军书急报传来的万里之外，传来了蒙古人大肆扫荡侵犯的消息。"濯锦古江头，飞景还如许！"可怜那锦江头处的巴蜀之地，战火依然没有停息。

海棠花花色艳丽，花开似锦，有"国艳"之誉，更有"花中神仙""花贵妃"的雅称，自古以来就是雅俗共赏的名卉，而歌咏"海棠花"更是古典文学中比较常见的主题。海棠花的花语是"苦恋"，故而也有断肠花的称谓。在文学作品中，每当人们在爱情中遇到挫折，常常会借海棠花来抒发爱而不得，或是离愁别绪的伤感。像苏轼著名的《海棠》诗，"东风袅袅泛崇光，香雾空蒙月转廊。只恐夜深花睡去，故烧高烛照红妆"，缠绵的意境下，流露出淡淡的春逝离愁；女诗人薛涛的《海棠溪》，"春教风景驻仙霞，水面鱼身总带花。人世不思灵卉异，竞将红缬染轻沙"，以海棠自比，感慨人世多艰；刘辰翁的《踏莎行·雨中观海棠》，"命薄佳人，情钟我辈。海棠开后心如碎"，尽写爱情的失意和心碎；管鉴的《虞美人·与客赏海棠》，"步绕芳丛无力、奈春何。蜀乡不远长安远。相向空肠断"，讲述无可奈何的离愁。

吴潜的这首词，写在他在任职庆元府的任上，当时他已经六十多岁了，之前他几度官居台辅宰相，又数次贬职外放，经历了太多的宦海沉浮，一方面放心不下百姓民生，一方面又难免心灰意冷、意气消沉。这首词是词人在垂暮之年欣赏海棠花时联想到战事，字里行间充满了对国事的忧愁，故而这首词的思想内涵在一众赋写海棠的作品之中显得格外与众不同。

南湖早春

[唐] 白居易

风回云断雨初晴，返照湖边暖复明。
乱点碎红山杏发，平铺新绿水蘋生①。
翅低白雁飞仍重②，舌涩黄鹂语未成③。
不道江南春不好，年年衰病减心情。

【鉴赏】

唐宪宗元和十年（815年），宰相武元衡遇刺身亡，白居易因"越职言事"被贬为江州（今江西九江）司马。这首诗作于唐宪宗元和十二年（817年），诗人正在江州任上，故而可见诗中在描写出美好春日风景的同时，也表达了诗人贬官远谪的郁闷心情。

首联描写南湖全景。"风回云断雨初晴，返照湖边暖复明。"风收云散，骤雨新停，太阳光反射到湖边，地面和湖上经过雨水的冲洗，一切都显得那么温暖而明亮。"初"和"复"突显着早春时节，乍暖还寒的天气特征。

颔联特写山间湖中的植被："乱点碎红山杏发，平铺新绿水蘋生。"早春时节，山间的野杏花蕊初现，碎红点点；新生的水草平铺在湖面上，一片青翠。"红"与"绿"是春植之色，"碎"与"新"是春植之貌，"发"与"生"是春植之态，短短十四个字，对仗精致工稳，语言清丽自然，生动地表现了早春植物欣欣向荣的生长状态。

颈联描摹动物的情态："翅低白雁飞仍重，舌涩黄鹂语未成。"大雨刚过，白雁因淋雨未干，双翅沉重，故而飞得很低；早春的黄鹂，初发的啼声尚有舌涩之感。白雁翅低、黄鹂舌涩，莫不带有早春时节独特的情状，它们的存在使得静态的山湖之景中有了动感和声响，为诗歌增添了别样的情趣。时值初春，景象不同于其他季节，因时令尚早，大地刚刚苏醒。诗的前三联构成了一幅完整的"南湖早春图"。

尾联两句由景入情，诗人缓步湖畔，遍赏春景后，发出了"不道江南春不好，年年衰病减心情"的感叹。此时，诗人已在江州多年，他蒙冤被贬，自然有许多愤懑积郁于心，以至于"年年衰病"。照理说，这种低落的心情本该用萧条的景象来衬托，但诗人却一反常态，实事求是，春景好便是好，并不因观景而改变，不好的只是我自己的心情而已。

"春水碧于天，画船听雨眠"（韦庄《菩萨蛮》）的江南曾是多少人的理想归宿，有人喜欢这里"青箬笠，绿蓑衣，斜风细雨不须归"（张志和《渔歌子》）的闲适，有人喜欢这里"荆吴相接水为乡，君去春江正淼茫"（孟浩然《送杜十四之江南》）的深情，有人喜欢这里"乌帽青鞋，行乐东风里"（赵孟《蝶恋花》）的可爱。但对贬谪而居的白居易来说，这里的一草一木却是美好而又伤感的。诗人借喜悦之景衬托哀伤之情，景色越美，悲愤越切。

白居易提倡"文章合为时而著，歌诗合为事而作"，他反对诗文的艰深晦涩，也始终在自己的创作中亲身实践，这首《南湖早春》，适可见出他的功力与匠心。

嫦娥

[唐] 李商隐

云母屏风烛影深^①，长河渐落晓星沉^②。
嫦娥应悔偷灵药，碧海青天夜夜心。

【鉴赏】

　　嫦娥神话是一个在民间广为流传，并屡被改编的故事。《淮南子·外八篇》记载最为详细："羿请不死之药于西王母，托与姮娥。逢蒙往而窃之，窃之不成，欲加害姮娥。娥无以为计，吞不死药以升天。然不忍离羿而去，滞留月宫。广寒寂寥，怅然有丧，无以继之，遂催吴刚伐桂，玉兔捣药，欲配飞升之药，重回人间焉。"嫦娥奔月而成"月精"，自此与月亮意象有了难解难分的联系。浪漫缠绵如李商隐尤其喜爱书写月亮，"青女素娥俱耐冷，月中霜里斗婵娟"（《霜月》），"素娥惟与月，青女不饶霜"（《十一月中旬至扶风界见梅花》），"扇裁月魄羞难掩，车走雷声语未通"（《无题》）。这首《嫦娥》更是其中的代表。

　　李商隐的诗作往往构思新奇，风格秾丽，内容隐晦迷离，至有"诗家总爱西昆好，独恨无人作郑笺"（元好问《论诗三十首》）的说法。关于这首诗各家看法也各不相同：有人认为是单纯地记述学道求仙的故事，有人认为是歌咏自由结合的爱情，也有人认为是借歌咏嫦娥来寄托诗人自身的孤寂处境，在此我们权且选取最后一种观点。

　　本诗的一、二两句"云母屏风烛影深，长河渐落晓星沉"状写场景：夜深人静，室内烛光黯淡，云母镶嵌的华贵屏风上倒映着一层深深的暗影；高天之上，银河西垂，那报晓的启明星已沉落中天，难觅踪影。"烛影""长河""星沉"，表明了时间已不仅仅是夜晚，而是将晓未晓之际，这个"渐"字，暗示主人公，孤寂地面对冷屏残烛、孤星寒月，已度过了一个漫长的不眠之夜。那么，在这样凄苦的夜晚，诗人会想些什么呢？他也许呆呆地望着天边的孤月，想起神话传说中的嫦娥仙子。据说她本是后羿的妻子，因为偷吃了西王母送给后羿的不死药，独自飞入月宫，自此与寂寞长夜为伴。而在同样孤寂的主人公眼里，嫦娥和自己是如此相似，于是他不禁心生疑问，嫦娥是否会懊悔当初偷吃不死药，以至于此后年年夜夜只能面对着碧海青天，忍受着清冷和孤寂。这后两句与其说是描写嫦娥的心境，不如说是主人公寂寞的心灵独白更为贴切。

如果我们结合诗人的人生遭际，那么诗中"悔偷灵药"的情绪也许就是诗人自己陷入党争泥潭的无可奈何，"碧海青天"之"心"也许如同那"玉壶冰心"一样，是诗人在自证清白，自陈无辜。在无可奈何的现实包围中，诗人精神上却在极力寻求高洁的境界，而追寻的结果却往往使自己陷于更加孤立无援的尴尬境地。诗中这种浓重感伤之美，正是这首诗独特的艺术魅力所在。

【梦】

畸人乘真，手把芙蓉。

泛彼浩劫，窅然空踪。

浣 溪 沙

[宋] 李清照

淡荡春光寒食天^①，玉炉沉水袅残烟^②，
梦回山枕隐花钿^③。
海燕未来人斗草^④，江梅已过柳生绵，
黄昏疏雨湿秋千。

【注释】

① 淡荡：和舒的样子。寒食：即寒
食节，在清明前一二日。
② 玉炉：香炉之美称。沉水：沉香。
③ 山枕：两端隆起如山形的凹枕。
花钿：用金片镶嵌成花形的首饰。
④ 斗草：一种竞采百草的游戏。

【鉴赏】

　　宋时，每当春意盎然，少女们从闺阁走向田园，搜集奇花异草，相互比赛，借以炫耀自己对于植物的认识，从而焕发喜悦的心情。这种"斗百草"的游戏在唐宋时期极为流行。这首词中也提及了斗草之事，学界一般认为这首词是女词人李清照少女时期的作品。陈祖美著《李清照简明年表》认为：宋哲宗元符三年（1100 年），李清照结识张耒、晁补之及同龄诸女友，《浣溪沙》等词当作于是年前后。这首词以白描手法记叙了熏香、花钿、斗草等词人少女时代生活的往事，借伤春惜春之语，思忆自己的青春时光。

　　词的上阕使用倒叙手法，记叙了少女春睡初醒的情景。"淡荡春光寒食天"寒食节前后，万物复苏，荡漾着明媚的春光。寒食节是清明节前一二日，禁烟火，只吃冷食，古人在这个季节要进行隆重的祭祀活动。寒食节当天，人们除了祭祀，还有踏青、秋千、蹴鞠、斗鸡等丰富的民俗活动，所以也是年轻人十分喜

爱的节日。"寒食天"三个字用在此处，并不是利用它祭祀的意义，而是取其时令和它民俗游艺的特征，可以更好地引出下文。"玉炉沉水袅残烟"说熏炉中燃点着沉水香，轻烟袅绕，满室温馨，这一句正面描写了贵族少女闺房的样貌。在这样的屋子中，发生了什么样的故事呢？答案就在"梦回山枕隐花钿"句中。女主人公一晌春梦，一觉醒来，才觉察自己还面带妆容就睡过去了，由于睡得深沉，头上的发簪都遗落在了枕头上。她春睡梦回，出神地望着室外荡漾的春光，室内的沉香袅袅，淡淡春思隐约可见。

下阕状写少女的生活和细腻的心思。早在魏晋南北朝时期，人们就有端午节插艾斗草的习俗，唐代以后"斗百草"更成为妇女和孩童的日常游戏，且如今依然在南方个别地区流传着。所以这句是说寒食节到了，燕子虽然还没有飞回来，却没有影响女孩们结伴斗草嬉戏。"江梅已过柳生绵，黄昏疏雨湿秋千"两句，由春事传春情，江梅花期已过，到了杨柳飞絮的时候，黄昏时分忽然飘起细雨，打湿了少女们的秋千，无论是景物还是游戏，字里行间都尽是小女儿情态。但是词人却并没有局限于"青春"的无忧无虑，更没有为赋新词强说愁的矫饰，而是在欢声笑语中悄悄流露着淡淡的无可奈何之烦恼，而这才是一个文艺少女的真实状态。

清人沈谦的《填词杂说》云："男中李后主，女中李易安，极是当行本色。"这首词全词都是景语，仔细体味又都是情语，没有雕饰斧凿痕迹，隽秀自然，清新淡雅，正是"铲尽浮词，直抒本色"的绝佳代表。

西洲曲

[南朝] 佚 名

忆梅下西洲①，折梅寄江北。

单衫杏子红，双鬓鸦雏色②。

西洲在何处？两桨桥头渡。

日暮伯劳飞③，风吹乌臼树④。

树下即门前，门中露翠钿⑤。

开门郎不至，出门采红莲。

采莲南塘秋，莲花过人头。

低头弄莲子，莲子清如水。

置莲怀袖中，莲心彻底红。

忆郎郎不至，仰首望飞鸿⑥。

鸿飞满西洲，望郎上青楼⑦。

楼高望不见，尽日栏杆头。

栏杆十二曲，垂手明如玉。

卷帘天自高，海水摇空绿。

海水梦悠悠，君愁我亦愁。

南风知我意，吹**梦**到西洲。

【注释】

① 西洲：女子和爱人曾经相会的地方。

② 鸦雏色：像小乌鸦一样的颜色。形容女子的头发乌黑发亮。

③ 伯劳：鸟名，仲夏始鸣，习惯于单栖独宿。一方面用来表示季节，一方面暗喻女子孤单的处境。

④ 乌臼：即乌桕树，夏天开黄色小花。

⑤ 翠钿：用翠玉做成或镶嵌的首饰。

⑥ 望飞鸿：古代有鸿雁传书的传说。这里暗含盼望书信的意思。

⑦ 青楼：油漆成青色的楼。此处指女子的住处。三国魏曹植《美女篇》："借问女安居，乃在城南端。青楼临大路，高门结重关。"

【鉴赏】

西洲曲，乐府曲调名。关于这首《西洲曲》的写作时间和背景，千百年来一直存有争议：一说是南朝文学家江淹所作，一说是南朝梁代的民歌，也有说法认为是梁武帝萧衍的作品，直到今天也没有定论。不过这并不影响我们对这首诗的欣赏。这首《西洲曲》共三十二句，是南朝乐府民歌中少见的长篇。诗中描写了一位女子对钟爱之人的苦苦思念，写作手法成熟而精致，洋溢着浓厚的生活气息和鲜明的感情色彩。

这首诗用一种代言的手法，记叙了一个女子的爱情故事。首句的第一个意象是梅花：在不经意间想起曾经在西洲观赏梅花，还曾折下梅花寄给住在江北的恋人，由"梅"而唤起女子对昔日的美好回忆。"单衫杏子红，双鬓鸦雏色"两句描写了女子当时的美丽样貌。这个女子杏红色的艳丽衣裙，鬓发像小乌鸦的羽毛一样乌黑，青春靓丽，活泼可爱。

这个漂亮的女子住在何处？从桥头划船过去，不一会儿就到了。天色晚了伯劳鸟飞走了，晚风吹拂着乌桕树，那棵树下就是她的家门口。这几句回答了"西洲"的具体位置，其实也是在告诉我们，这个女子就住在西洲，而那个"忆梅"的故事其实就发生在女子的住处附近，也是在说明，这是一段青梅竹马、两小无猜的爱情故事。

有一天，女子打开家门悄悄张望，却没有见到心中的恋人，只好失望地出门去采莲。古典意象中"莲"谐音"怜"，所以采莲其实也是在表达爱情。"采莲南塘秋"后面八句记叙的是女子采莲的情景。女子是在"郎不至"的情况下去采莲的，所以心中一直萦绕着愁绪，说是去采莲也并不能安心地劳作，总是会无心低头，若有所思，一会儿拨弄莲心，置莲袖中，一会儿又忍不住仰望头顶飞过的鸿雁。为何"望飞鸿"？因为鸿雁是传递消息的信使，女子希望天上的鸿雁能够把她的相思带给自己的爱人，这是对诗尾"吹梦到西洲"的铺垫。同时，在这首诗中反复出现了两次"郎不至"，可知这是女子心中最在意的事情，是烦恼不安的终极原因。她本是想借采莲排解忧愁，谁知却被艳丽的莲花、碧绿的莲子触动了无限情思。

从"鸿飞满西洲"句开始到诗歌的最后，场景第三次转换，由家门前到莲塘再到青楼之上。登楼眺望，凭栏苦候，愁肠百转。不过这种相思并不是单方面的，而是"君愁我亦愁"的两情相悦，可能因为某些原因暂时不能相见，所以心思虽然哀怨却也满怀柔情，唯愿寄情于温暖的南风与清幽的梦境，盼望着能够与爱人早日相聚。细腻的情感因这种表白而达到高潮。

《西洲曲》是南朝乐府中少见的长篇。全诗情调清丽婉转，表达生动细腻，是南朝民歌中最成熟精致的作品之一，有"言情之绝唱"的盛誉。

诉 衷 情

［宋］陆　游

当年万里觅封侯，匹马戍梁州。关河**梦断何处**^①，尘暗旧貂裘^②。

胡未灭，鬓先秋^③，泪空流。此生谁料，心在天山，身老沧洲^④。

【注释】

① 关河：关塞、河流。泛指汉中前线险要的地方。梦断：梦醒。

②"尘暗"句：貂裘上落满灰尘，颜色为之暗淡。借用苏秦典故，说自己未能施展抱负。

③ 秋：秋霜，比喻年老鬓白。

④ 沧洲：靠近水的地方，泛指隐士居住之地。这里指词人的家乡。

【鉴赏】

　　宋孝宗乾道八年（1172年），陆游应四川宣抚使王炎之邀，前往当时西北前线重镇南郑（今属陕西汉中）军中任职，度过了他一生中最值得怀念的岁月。宋孝宗淳熙十六年（1189年），陆游被弹劾罢官，退隐山阴故居长达十二年。这期间他常常回首往事，梦游梁州，写下了一系列充满爱国热忱的诗词，这首《诉衷情》就是其中的一篇。

　　上阕开篇两句，词人满怀激情地回忆了自己当年只身匹马离开夔州，风尘仆仆地奔赴南郑从军的生活。"当年"点出写作的初衷是缘于对往事的追忆。"觅封侯"，不是贬义地形容汲汲于追求功名利禄，而是指在战场上奋勇杀敌、建功立业。据载，陆游在南郑前线，时常全副武装，甘冒酷暑严寒，奔波于岐渭蜀陇之间，侦察敌情，积极为收复失地做准备，更曾向上司献计献策，对收复失地、统一祖国充满信心。词人在开篇便热情洋溢地回忆这段军旅生活，实际上是用"积极"来反衬后文的"消极"。三、四句笔锋斗转直下：报国抗敌、收复失地的梦想最终无奈破灭，而今在回忆、在梦中重返军营，而当年从军时穿过的"旧貂裘"即便已经积满灰尘，依然被高挂在墙上，不忍丢弃，时刻提醒着自己还有未完成的理想。这件"旧貂裘"是词人与过去戎马生涯的联系，是每每睹物伤情、勾起无限回忆的媒介。词人的"梦断"不是简单的仕途不顺，在那个特殊的历史背景下，他的梦早已超脱自身命运的狭隘，上升为更为沉重的民族大义。

下阕"胡未灭，鬓先秋，泪空流"九个字描写词人梦醒之后的痛苦情状：侵我国土的仇敌还没有被消灭，我自己却已鬓发花白，年老体衰，再也不能重返前线，满腔怨愤与不甘尽数化作苦涩的眼泪，白白流淌。"男儿有泪不轻弹，只因未到伤心处"（明李开先《宝剑记》）不正是在说此时此刻的陆游吗？最后所有的痛苦都化作一句悲叹："此生谁料，心在天山，身老沧洲。"谁会料到，一个宁愿战死疆场、为国献身的人，竟然会落到罢官还乡、终老山野的下场。陆游的这句感慨也当时很多主战派爱国志士的心声。杜甫的《春望》"白头搔更短，浑欲不胜簪"，辛弃疾的《破阵子》"了却君王天下事，赢得生前身后名。可怜白发生"，岳飞的《满江红》"莫等闲、白了少年头，空悲切"，皆与此词有感同身受、异曲同工之意。

梁启超先生曾作诗高度评价陆游："诗界千年靡靡风，兵魂销尽国魂空。集中十九从军乐，亘古男儿一放翁。"这首词正是词如其人，格调苍凉悲壮，充满了对祖国炽热深沉的情感。

台 城①

［唐］韦 庄

江雨霏霏江草齐②，六朝如梦鸟空啼③。
无情最是台城柳，依旧烟笼十里堤。

【注释】

① 台城：亦名苑城，故址在今南京玄武湖附近。晋宋时期，称朝廷禁省为"台"，故称宫城为台城。

② 霏霏：细雨纷纷状。

③ 六朝：指吴、东晋、宋、齐、梁、陈，六个建都南京的朝代。

【鉴赏】

台城，位于国都建康（今南京）城内，东晋至南朝时期的中央政府和皇宫所在地，到韦庄所处的唐末时期，昔日的繁华已荡然无存，遗址已完全荒废。唐僖宗中和三年（883 年），韦庄客游江南，凭吊六朝遗迹，感叹历史兴亡，作此诗以抒发世变时移的感概。

首句"江雨霏霏江草齐"暮春时节，霏霏细雨，碧草如茵。这一句以写景立意，不正面描写台城的样貌或叙述台城的历史，而是着意渲染怀古的氛围。春季细雨绵绵，春草繁茂，这种景色既彰显了江南风物特有的轻柔婉丽，又很容易勾起人们的惆怅心思，于是就自然地引出了下一句"六朝如梦鸟空啼"。在那江雨和碧草的掩映间，隐藏着荒凉破败的台城古迹，曾经的繁华与兴盛都已成为往事，而今只剩下鸟儿孤独地啼叫。从东吴到南陈，前后不过三百余年，却有六个王朝一个接一个地衰败灭亡，长则百年，短则不过二十余载，那些曾经在台城追逐欢乐的六朝统治者却早已成为历史上来去匆匆的过客，而今想来仿佛幻梦一场。物是人非、世事无常之感，在"梦"与"空"两个字中升华。

三、四句"无情最是台城柳，依旧烟笼十里堤"字面意思是说，只有台城的柳树最是无情，依旧如轻烟般笼罩着十里长堤。在春风中摇荡的杨柳，总是给人以欣欣向荣之感，即使面对眼前衰败的台城，它们也没有任何的变化，依然欣欣向荣地生长着。草木本非人，但却因为人的感伤受到牵连，被当作了情感宣泄的对象。其实诗人所怨愤的并非草木，而是那些不知吸取六朝亡国悲剧的当权者们。毫无疑问，"无情最是台城柳"是这首诗的诗眼所在。

杨柳意象在古典诗词中十分常见，它可以报春——"碧玉妆成一树高，万条垂下绿丝绦"（贺知章《咏柳》），可以喻人——"隔户杨柳弱袅袅，恰似十五女儿腰"（杜甫《漫兴九首》），古人亦有折柳送别的习俗——"柳条折尽花飞尽，借问行人归不归"（隋杂曲歌辞《送别诗》）。然而在此诗之中，诗人之柳却与以上皆无关，它不是女儿家窈窕的身姿，更不是依依惜别的留恋。"无情"是草木的本态，无论人事如何变迁，于它而言不过是白驹一瞬。台城，是遗迹，也是舞台，朝代轮回，你方唱罢我登场，柳树作为一名看客，何须动情呢？悲伤的永远都只是在乱世中沉浮的人而已！

诗人韦庄（约 836—910）出身于京兆韦氏东眷逍遥公房，是当时的世家大族，他的远祖曾经在武后当朝时做过宰相，四世祖是著名诗人韦应物。韦庄本应该高门显贵，仕途畅达，然而他自己却生不逢时，无奈生活在了大唐王朝衰落濒临灭亡的混乱时期，半生落拓，壮志难酬。故而，当他沉浸在现实忧虑和对历史反思的纷乱意绪中时，才更能够深刻地理解治乱代变的严重和六朝悲剧即将在眼前重演的无限悲愤！

商山早行

［唐］温庭筠

晨起动征铎①，客行悲故乡。
鸡声茅店月，人迹板桥霜。
槲叶落山路，枳花明驿墙。
因思杜陵梦②，凫雁满回塘③。

【注释】

① 征铎：车行时悬挂在马颈上的铃
铛。铎，大铃。
② 杜陵：本名杜原，又名乐游原。
长安近郊名胜，汉宣帝在此建陵。诗
人曾寓居于此。
③ "凫雁"句：这句写的就是"杜陵
梦"的梦境。凫，野鸭。雁，一种候
鸟，春往北飞，秋往南飞。回塘，圆
而曲折的池塘。

【鉴赏】

　　温庭筠（约812—866），本名温岐，字飞卿，太原祁（今山西祁县东南）人。其人早慧，文思敏捷，精通音律，因每每应试依韵作诗，八叉手而八韵成，而有了"温八叉"的雅号。诗歌与李商隐齐名，时称"温李"。后人辑有《温飞卿集》及《金奁集》等文集传世。

　　这首诗的写作时间大致是唐宣宗大中（847—860）末期。当时诗人离开长安，去到襄阳、江陵等地，途中经过商山，写下了这首著名的羁旅行役诗，诗中描写了旅途中所见凄冷的山景，抒发了游子在外的孤寂和思乡之情。

　　首联"晨起动征铎，客行悲故乡"，采用顺叙的手法，写出了诗人启程的时间和心情。在他人还在熟睡的时候，诗人却得早早起身赶路，车马的声响回荡在空旷的山路上，勾起远行客心底无限的乡愁。诗人已离开故乡很久，而且这种离开是被动的，所以他心中才会有这么多悲伤和不安的情绪。

　　颔联"鸡声茅店月，人迹板桥霜"，描写诗人在驿站启程时所见的景物。雄鸡啼鸣，残月依然高悬在天空，极言时间之早。满是寒霜的木桥上，留下行人依稀可见的足迹，说明天气之寒冷。这里虚实并用，动静结合，简单的事物展现出出行的艰难，字字句句都是对为何诗人一启程就开始"悲故乡"的解释。

　　颈联"槲叶落山路，枳花明驿墙"，描写诗人上路之后的旅途所见。"槲叶"凋零，"枳花"盛开，说明了早行的时间是早春。槲叶落满山路，朝阳微光渐渐亮起，驿墙边的枳花慢慢显出它素白的模样，春寒料峭中这一明亮色彩给诗人带来短暂的安慰。

　　尾联"因思杜陵梦，凫雁满回塘"，诗意紧扣首联的"悲故乡"而来，记叙了诗人昨晚梦回故乡的幻境。诗人因为看到枳花明艳、晨光熹微的景象，于是回想起了昨夜的梦境。在梦中，他看到凫雁在池塘中欢腾嬉戏，想象着自己也许不久就会见到故乡的亲人。

　　这首诗的颔联两句历来在诗家眼中地位极高。《六一诗话》中就记载了梅尧臣和欧阳修的一番文学对话，梅认为最好的诗，应该是"状难写之景如在目前，含不尽之意见于言外"，而温庭筠的"鸡声茅店月，人迹板桥霜"，贾岛的"怪禽啼旷野，落日恐行人"，则正是将道路辛苦，羁愁旅思，寄于眼前之景，喻于言外之意的佳句。明朝诗论家胡应麟也在《诗薮》中说："盛唐句如'海日生残夜，江春入旧年'，中唐句如'风兼残雪起，河带断冰流'，晚唐句如'鸡声茅店月，人迹板桥霜'，皆形容景物，妙绝千古。而盛、中、晚界限斩然，故知文章关气运，非人力。"

水调歌头·题李季允侍郎鄂州吞云楼

［宋］戴复古

轮奂半天上^①，胜概压南楼^②。筹边独坐，岂欲登览快双眸。浪说胸吞云梦^③，直把气吞残虏，西北望神州。百载一机会，人事恨悠悠。

骑黄鹤^④，赋鹦鹉^⑤，谩风流。岳王祠畔^⑥，杨柳烟锁古今愁。整顿乾坤手段，指授英雄方略^⑦，雅志若为酬^⑧。杯酒不在手，双鬓恐惊秋。

【鉴赏】

戴复古（1167— ？），南宋著名诗人，曾从陆游学诗，他一生不仕，浪游于江湖，他曾三次漫游，时间长达四十年，后人在《石屏集·序》中追寻他毕生行踪，概括为："南游瓯闽，北窥吴越，上会稽，绝重江，浮彭蠡，泛洞庭，望匡庐、五老、九嶷诸峰，然后放于淮、泗，以归老于委羽（黄岩羽山）之下。"他的游历主要在长江中、下游一带，也曾至达南宋北方边界淮河流域等地。宋宁宗嘉定十四年（1221 年），金兵侵扰黄州（今属湖北黄冈）、蕲州（今属湖北蕲春）一带，南宋军队奋起抗击，一度取得了很好的战果，民心振奋。当时戴复古正在武昌，登楼而览胜写下这首词，借景抒情，抒发人世无常，岁月悠悠的感慨。

这首词是登楼而赋，词的上阕开篇就描写吞云楼的气势壮美。"轮奂半天上，胜概压南楼。"紧扣题目，高敞华美的楼阁仿佛矗立在半空之中，那著名的南楼也不能同它相媲美。这两句是词人站在远处眺望吞云楼，正面描写楼之高。"胜概压南楼"句巧妙地使用对比手法，表面上看是说吞云楼的雄姿更胜南楼，实际上是借用东晋大臣庾亮登南楼的典故来比附李季允李侍郎。李季允和当年的庾亮职位相近，所以在这里说吞云楼胜过南楼，其实暗含着对李季允的恭维，说他要胜过庾亮。于是下面两句的出现就比较自然了。"筹边独坐，岂欲登览快双眸"是词人对李侍郎说：你登楼不是为了单纯的赏景，而是重任在身，为了观察地形，苦苦思索破敌大计，欲赞美李侍郎的忠心为国。"浪说"后三句，接着借赞美吞云楼的雄伟称赞李侍郎的奋勇抗金、收复失地的豪情。上阕的最后文势急转，从宏伟壮阔的高楼胜景、豪气干云的报国壮志转变为深深憾恨。创作这首词时，宋人终于在与金作战中占据了相对较好的形势，但苟且偷安的南宋朝廷却没有抓住这个千载难逢的机遇，积极主战的有识之士们眼见大好机会从眼前溜走，满心憾恨。

下阕从"骑黄鹤"到"古今愁"是词人站在楼上四下瞭望，看到的风景和由此而生的感慨。"骑黄鹤，赋鹦鹉"化用唐人崔颢的《黄鹤楼》诗意，借传说、历史和风景来共同演绎吞云楼的胜概。"岳王祠畔，杨柳烟锁古今愁"，感慨抗金名将岳飞被投降派迫害致死的悲壮往事，并借岳飞抗金之事比附像李侍郎和词人等这样力主抗金，却壮志难酬的苦闷。词人从吞云楼上放眼望去，江山胜迹，尽收眼底，无论是黄鹤楼、鹦鹉洲，还是岳王祠，过往的一切已皆不可追寻，往事悠悠，如今中原陷落，活着的人何以告慰先人的忠魂？！"整顿乾坤手段，指授英雄方略，雅志若为酬"三句，词人又将笔调转回李侍郎身上，在称赞他雄才伟略的同时，也感慨他英雄无用武之地的悲哀。天时、地利、人和都在，但收复中原之事却难上加难，几成空想。所以词的最后，词人终于忍无可忍地发出最无奈的叹息："杯酒不在手，双鬓恐惊秋。"无论心中有多少希望，在现实中我们都只能一事无成，只能借酒浇愁，愁白双鬓，人到暮秋。

临江仙·夜登小阁忆洛中旧游

［宋］陈与义

忆昔午桥桥上饮①，坐中多是豪英②。长沟流月去无声③。杏花疏影里，吹笛到天明。

二十余年如一梦④，此身虽在堪惊。闲登小阁看新晴。古今多少事，渔唱起三更⑤。

【鉴赏】

　　陈与义（1090—1139），北宋末年、南宋初年的杰出诗人。他诗尊杜甫，也工于词，现存词十余首，风格疏朗明快，自然畅达，颇有苏轼之风。这首词大约是作于宋高宗绍兴五年（1135 年）前后，当时陈与义退居青墩镇（今属浙江桐乡）僧舍，时年四十六或四十七岁左右。陈与义出生在洛阳，金兵南下，北宋灭亡，他被迫流离逃难，饱尝艰苦。在这首词中，他回忆了二十多年前的种种美好往事，百感交集，不禁感叹今昔巨变，写下了此词，抒发对家国和人生的惊叹与感慨。

　　上阕，词人追忆昔时洛中旧游时光。回想年轻时曾在午桥设宴，与友人酣畅豪饮，好不畅快。"长沟流月去无声"一句感叹时间的飞逝，无声无息却又无可挽留。当时座中多是杰出才俊，觥筹交错，诗酒风流。大家同看月光随长沟水波流淌远去，悄然无声，于树下对着杏花疏落的倩影，吹笛奏乐直到天明。美景良辰，赏心乐事，二十多年前渺远的往事历历浮现。清人刘熙载在《艺概》中评"杏花疏影里，吹笛到天明"二句，认为"故此二句不觉豪酣转成怅恨，所谓好在句外者也"。回忆往事，是为了和今日情状进行对比，此处亦然。

下阕起句即言"二十余年如一梦，此身虽在堪惊"，无论是叙事还是抒情，都是一个大转折。词人从回忆中醒来，忽而说到当前境遇，一晃竟是二十余年，几近半生，自己从踏上仕途后所经历的颠沛流离和国破家亡的痛苦生活，国事沧桑和知交零落之感，都落于一个孤独的"惊"字。然而词人并没有在种种苦痛遭际中沉沦下去，反而用"闲登小阁"三句转换心情，意指无论古往今来发生了多少大事，到最后也不过就是化作渔人口中传唱的歌谣，在夜半三更里哼唱几声罢了。人生不如意者，十之八九，这里正是词人在失意之后的无奈。"古今多少事，渔唱起三更"二句，鲜明地点出了生逢乱世、国家兴亡的大义都不过是历史长河中的小小片段这一文学主题。

"渔父（渔歌）"意象，肇始于《庄子》和《楚辞》，后世诗词中常以此传达兴亡之叹，如王维的"君问穷通理，渔歌入浦深"（《酬张少府》），韩愈的"蘋藻满盘无处奠，空闻渔父叩舷歌"（《湘中》），著名戏剧家孔尚任更在《桃花扇》中，把明朝亡国之痛化入渔樵晚唱，作为整个故事的尾声。

全词节奏明快，韵味深远绵长，浑然天成，毫无矫揉造作之嫌。南宋词论家张炎更在其著作《词源》中高度评价此词"真是自然而然"。"自然"，正是名篇佳作千古不变的内核。

【神】

神出古异，淡不可收。

如月之曙，如气之秋。

念奴娇·雪霁夜月中登楼望贺兰山作

[明] 朱 栴

登楼眺远，见贺兰①、万仞雪峰如画。瀑布风前千尺影，疑泻银河一派。独倚危栏，**神**游无际，天地犹嫌隘。琼台玉宇，跨鸾思返仙界②。

我醉宿酒初醒③，景融诗兴，笔扫千军快。下视红尘人海混，脱履不能长喟④。对月清光，饮余沆瀣⑤，气逼人清煞⑥。玉笙吹彻，此时情意谁解？

【注释】

① 贺兰：贺兰山，位于宁夏回族自治区与内蒙古自治区交界处，北起巴彦敖包，南至毛土坑敖包及青铜峡。山势雄伟，若群马奔腾。

② 鸾：传说中的凤凰一类的鸟。

③ 宿酒：隔夜体内犹存的余酒。

④ 喟：叹息。

⑤ 沆瀣：此处指水汽。汉司马相如《大人赋》："呼吸沆瀣，兮餐朝霞。"

⑥ 煞：同"杀"，表示程度深。

【鉴赏】

　　词作者朱栴（1378—1438），明太祖朱元璋第十六子，洪武十一年（1378年）生于应天府（今江苏南京），洪武二十四年封庆王，洪武二十六年就藩宁夏（今宁夏银川），并在宁夏生活了三十六年，直至去世。朱栴曾在属地建宜秋楼，当是题中所登之楼。这首词记叙了词人酒醉初醒，登楼远望，即景抒情之事。塞北大地，贺兰高山苍茫寥廓的独特景色，跃然笔端。

　　贺兰山是宁夏最重要的山脉之一，山体高大，峰峦叠嶂。明朝时，为了对抗鞑靼，明朝廷下令在宁夏北部大规模修筑长城，并在宁夏建立了总镇、卫、千户所、屯堡等一套完整而严密的军事防御系统。朱栴作为亲王被分封至此，本身就带有重要的防卫意义。然而当时宁夏条件艰苦，他的大半生都生活在宁夏，贺兰山对他而言同样意义深远。

上阕写景。首句起势，交代写作缘由，"登楼眺远，见贺兰，万仞雪峰如画"。词人登上高楼向远处眺望，眼前所见的贺兰山，巍峨高耸，壁立万仞，白雪覆盖的山峰，仿佛是一幅雄浑恢宏的风景画卷。一幅上好的画作，有高山必然要有秀水，接下来"瀑布风前千尺影，疑泻银河一派"两句，词人的视线聚焦到山间的瀑布，塞北风疾，不似江南温润细腻，当它从飞流直下的瀑布上吹过，扬起漫天水雾，在夜幕的笼罩下好似银河从天而降，倾泻到人间。上阕的最后五句记叙词人的心理活动。他此时独自倚靠在高高的栏杆上，思绪飘飞无极，顿觉天地狭隘，灵魂好像要脱离肉体，感觉就要骑上鸾鸟成仙飞升，去到那琼楼玉宇的天宫。虚虚实实，更让人感慨贺兰山的神奇和伟大。

下阕记事。叙写词人的创作情景，并由此抒发内心抑郁不得志的复杂心情。"我醉宿酒初醒，景融诗兴，笔扫千军快"三句，词人自叙登楼宴饮，酒醉初醒，被眼前壮丽的风景感动，于是诗性勃发，挥毫提笔，文思泉涌，如千军疾行不能停止。"下视红尘人海混，脱履不能长喟。"在明代皇室之中，朱栴的才情和文学造诣都属上乘，他也因此颇为自得。酒酣之际，他自比诗仙李白，傲视红尘，浑然忘我。"对月清光，饮余沉漫，气逼人清煞。玉笙吹彻，此时情意谁解？"他想象自己如同大诗人李白一样，举杯邀明月，更将清冷月光入酒，欲洗去凡尘污垢，使自己通透畅达。这时耳畔传来了笙箫悠扬的曲调，他默默无语，骤然发现，自己竟然不知该向谁人倾诉心中的幽情。

前文铺叙了大量雄丽的景色和瑰丽想象，照理下文本应该抒发一番壮志豪情，词人的笔触却显得另有隐情，这是为何？

朱栴生长在南京，就藩银川后，再也没有回到过南方，他一直希望朝廷有朝一日将他内迁，就这样怀抱着希望在文山诗海里度过了一生，可直到他去世，这

个愿望都没有实现。身份高贵，也许并不意味着可以自由自在地安乐享受，他
一生受到太多政治的辖制，又无处申诉反抗，这恐怕就是词人所谓的"情意谁
解"吧。

念奴娇·至金陵

［宋］陈　亮

江南春色，算来是、多少胜游清赏①。
妖冶廉纤②，只做得、飞鸟向人偎傍。
地辟天开，精神朗慧，到底还京样③。
人家小语，一声声近清唱。

因念旧日山城，个人如画，已作中州
想④。邓禹笑人无限也⑤，冷落不堪惘
怅。秋水双明，高山一弄，著我些悲
壮。南徐好住⑥，片帆有分来往。

【注释】

① 清赏：指幽雅的景致。

② 廉纤：指细小，细微。多用以形容微雨。

③ 京样：京城模样；华美，入时。

④ 中州：指今河南一带。

⑤ 邓禹：字仲华，南阳新野（今河南新野）人，东汉初年名将，军事家，协助刘秀建立东汉，"既定河北，复平关中"，功劳卓著。

⑥ 南徐：古代州名，即今江苏镇江。晋人南迁后侨置徐州于此地，南朝宋时改称南徐。

【鉴赏】

　　陈亮（1143—1194），字同甫，婺州永康（今属浙江）人，南宋思想家、文学家。史载其"为人才气超迈，喜谈兵，议论风生，下笔数千言立就"。他的词风与辛弃疾相近，刘熙载《艺概》中说："同甫与稼轩为友，其人才相若，词亦相似。"陈亮政治上是十分坚定的主战派，他曾多次上书宋孝宗，反对苟合偏安，力主抗金，完成祖国统一大业。宋光宗绍熙四年（1193年），陈亮五十一岁时，他参加礼部的进士考试，中了状元，其后被授职签书建康军判官厅公事，这首词可能就是作于此时。词中记叙了词人在春日游赏古都金陵的经历，进而联想到被金军侵占的北方国土，抒发了他满心的惘怅悲伤和爱国之情。

　　词的上阕记叙游览金陵的所见所闻。首句"江南春色，算来是、多少胜游清赏"是总论，起笔盛赞金陵是所有人心中的游赏的清雅圣地，词人有幸来到这里，心中隐隐是有些许期待和神往的。接下来描写金陵的风物，"妖冶廉纤，只做得、飞鸟向人偎傍"，聚焦于温润的江南气质，说金陵的风物纤细清丽，温柔缱绻，连鸟儿那么可爱，频频飞向人群，和游人亲近互动。"地辟天开，精神朗慧，到底还京样"三句转而称赞金陵的历史悠久，地灵人杰，而且至今依然是繁华入时的大都市。上阕最后两句"人家小语，一声声近清唱"记人，走在金陵的大街小巷中，词人发现住在这座城市中的居民，连说话都轻言细语，一声声仿佛是在幽雅地歌唱。在词人眼中，金陵是一座典型的江南都市，细腻温润，不慌不忙。而这种悠闲自适的慢生活，却与北方沦陷之地的丧乱形成了强烈的对比，于是才勾起了词人的无限联想。

　　词的下阕，词人的笔触从外在的游赏观察，转向个人内在的回忆思考。"因念旧日山城，个人如画，已作中州想"三句，引发回想。词人看到眼前的金陵城，于是想起同样曾是数朝古都的洛阳，如今河南一带的北方故土都被金军占领，成为沦陷之地，再难回归，不禁悲上心头。"邓禹笑人无限也，冷落不堪惆怅"两句正是词人的臆想。满怀复国大志的词人，此时想到了当年协助刘秀建立东汉政权，"既定河北，复平关中"的名将邓禹，他觉得如果邓禹知道如今国家又变成了偏安江南的贫弱样貌，一定会狠狠地嘲笑世人的无能和昏庸，一想到这些，心底就充满了凄凉和惆怅。"秋水双明"句至最后，词人的心绪回归现实，告诫自己不要被眼前的挫折击倒，斗争还有希望，请给"我"力量继续前行。

　　陈亮生活在南宋末年，他一生竭忧于国事，为国家民族的复兴尽瘁忧梦，虽然命途多舛，始终不改其志，就像他在另外一首诗中写道的那样："复仇自是平生志，勿谓儒臣鬓发苍。"(《及第谢恩和御赐诗韵》)

病起书怀

[宋] 陆 游

病骨支离纱帽宽^①，孤臣万里客江干^②。
位卑未敢忘忧国，事定犹须待阖棺^③。
天地神灵扶庙社^④，京华父老望和銮^⑤。
出师一表通今古，夜半挑灯更细看。

【注释】

① 病骨：指多病的身躯。支离：身体衰弱。

② 客：客居，他乡任职。江干：江边，江畔。

③ 阖（hé）棺：合上棺材盖，指死亡。

④ 庙社：宗庙和社稷，指大宋江山。

⑤ 京华：京城之美称。指北宋都城开封。和銮：同"和鸾"，古代车上的铃铛。挂在车前横木上称"和"，挂在轭首或车架上称"銮"。

【鉴赏】

宋孝宗淳熙三年（1176 年）四月，已经年过半百的陆游因被朝中主和势力诋毁"不拘礼法""燕饮颓放"而被免官，此后他移居杜甫草堂附近的浣花溪畔，过起近乎退休闲养的生活。但这种生活显然不是诗人向往的，他满心建功立业、光复山河的宏愿，理想的火焰时时在胸腔中燃烧，故而他在被免官后就缠绵床榻，病了许久。但病愈之后，他仍未改北伐志向。一日，他挑灯夜读《出师表》，有感而发，写下此诗。

首联两句"病骨支离纱帽宽，孤臣万里客江干"，起笔点题：诗人当时犹在病中，身体非常虚弱，消瘦不堪，所以导致纱帽的帽檐都松垮了。他自述我如今已经年老体衰不再受用了，只好在边远的小城里蜗居，聊度残生。这里的"纱帽宽"，其实是一语双关，既言病后瘦损，也暗含被贬官之意。诗人空有满腔报国志向，却被迫远离朝堂，又体虚多病，心中的苦痛可见一斑。

颔联两句"位卑未敢忘忧国，事定犹须待阖棺"，语意上承接上联，剖白自己的内心。诗人虽然被免职，地位低微，但是他始终怀揣着炽热的爱国之心，秉持着以国家大事为己任的信念，坚信自己的主张是正确的，历史最终会给自己一个公正交代。时下虽"病骨支离"，并未消减他的英雄壮气。

颈联"天地神灵扶庙社，京华父老望和銮"，重申自己的北伐主张。然而现实中无人愿意采纳他的谏言，为此诗人寄希望于神明，祈祷这天地之间的神灵能够保佑国家社稷，因为现在受困于北方的百姓都在日日夜夜地期盼着君王能够御驾亲征，收复旧山河，拯救陷于敌手的百姓。

尾联"出师一表通今古，夜半挑灯更细看"两句，诗人借为国为民、鞠躬尽瘁的诸葛亮的事迹来自勉。现实虽然残酷，但他始终不愿放弃自己的希望，还时常翻读诸葛孔明的《出师表》，那文字中的忠义之气直到今天依然感动着世人。陆游反复地阅读着这篇名作，不知不觉就到了深夜，意犹未尽，忍不住挑起油灯细细地品读。

诸葛亮是蜀汉忠臣，也是传统文化中忠君爱国的典型形象。他因受刘备三顾茅庐的知遇之恩，"由是感激，遂许先帝（刘备）以驱驰"，"竭股肱之力，效忠贞之节"；刘备去世后，他受托孤重任，辅佐后主刘禅，"政事无巨细"咸由他决，他手握蜀汉大权，却没有丝毫谋权篡位的野心，"专权而不失礼，行君事而国人不疑"，为国为民操劳一生，"鞠躬尽瘁，死而后已"（《三国志·蜀志·诸葛亮传》），终成千古传颂的精神典范。

爱国报国是陆游诗作中永恒的主题，即便在病中诗人依然不改其志。尽管历尽沧桑，屡遭挫折，但真正的英雄从来不会放弃希望，这就是这首诗最动人的地方。

减字木兰花·春怨

［宋］朱淑真

独行独坐，独倡独酬还独卧^①。伫立伤神，无奈轻寒著摸人^②。

此情谁见，泪洗残妆无一半。愁病相仍，剔尽寒灯梦不成^③。

【注释】

① 倡：倡作、倡和。酬：交际往来，应酬。

② 著摸：撩拨，沾惹。

③ 寒灯：寒夜里的孤灯，借喻孤独、凄凉的典型意象。

【鉴赏】

宋代女文学家朱淑真（约1135—约1180），号幽栖居士。受时代局限，女性往往很难在历史上留下详细的记载，朱淑真亦是如此。关于她的籍贯身世说法很多，有人说她是钱塘（今浙江杭州）人，又有人说她是"浙中海宁人"。相传她出身富贵之家，幼年聪颖早慧，才情不让须眉。她博通经史，能文善画，并且精晓音律，尤工诗词，素有才女之称。但是，这样一个优秀的女性，她的婚姻却并不幸福美满。今天，我们在其诗词中常常可见"多忧愁怨恨之语"，这首《减字木兰花》亦然。

如果说有一个字可以代表整首词的中心，那一定是"独"字。开篇头两句"独行独坐，独倡独酬还独卧"，连用五个"独"字，语意层层铺展，着意强调女词人的孤独与寂寞，也客观上暗示了她心情的凄惶不安。三、四句描写女词人的行动。她说：我久久地站在一处出神凝望，但这样的行为却让我更加伤神，更无奈的是还有这早春的轻寒撩拨我的愁绪。后人常把朱淑真和李清照相提并论，不仅仅是因为二人卓越的文才，也因她们不幸的命运。李清照中年寡居，在她的笔下曾有"乍暖还寒时候，最难将息"的感叹。朱淑真婚姻不幸，她的内心应该对真挚的爱情有更多的期盼。天气的微微变化，都会在她们敏感的内心之中掀起波澜，这"轻寒"时节，正是渴望温暖的她们共同的伤心之处。

下阕由虚入实，对女词人的愁怨进行了具象化的呈现。"此情谁见"四字，承上启下，"情"是孤独之情，是悲愁之情。"此情谁见"，只有女词人自己，她整日以泪洗面。长久的忧愁积郁于心，损伤了女词人的身体，她常常失眠不寐，整夜整夜地对着枯灯独坐至深夜。因愁而病，因病添愁，愁病萦身，摧残着她的身体和精神。这里最让人动容的是末句中的"寒灯"意象。在文学家的笔下，灯烛意象有着独特的审美意境，它往往是驱散黑暗的光明——"知有儿童挑促织，夜深篱落一灯明"（宋叶绍翁《夜书所见》），是启蒙愚昧的智慧——"人生必需的知识，就是引人向光明方面的明灯"（李大钊《劳动教育问题》），是播散迷雾的希望——"枣园的窑洞中，升起明灯一盏"（郭小川《忆延安》）。而在此处的"寒灯"却并不是温暖光明的化身，更不是帮助女词人驱走漫漫长夜的光明之灯，而是她自身形象的幻化，孤寂凄凉的女子就如这在寒夜中摇曳的油灯，枯耗着自己的青春生命，恰如白居易笔下"肠深解不得，无夕不思量。况此残灯夜，独宿在空堂"（《夜雨》）的无尽愁苦。

朱淑真曾有一首题为《愁怀》的诗，诗中写道："鸥鹭鸳鸯作一池，须知羽翼不相宜。东君不与花为主，何似休生连理枝。"幸福的家庭都是相似的，不幸的家庭各有各的不幸。朱淑真的不幸就是对丈夫的厌恶和对婚姻的不满，然而在她生活的时代，社会并不会给予她自由选择的权利，所以她所有的悲愤都只能积压在心中，化作无休止的愁怨，慢慢侵蚀她的身心。情感体验之深切，只有真正的女性作家才能写出这般词短情长的绝唱。

赠白马王彪（节选）

[三国] 曹 植

心悲动我神，弃置莫复陈。

丈夫志四海，万里犹比邻。

恩爱苟不亏，在远分日亲。

何必同衾帱①，然后展殷勤。

忧思成疾疢②，无乃儿女仁③。

仓卒骨肉情④，能不怀苦辛？

【注释】

① 衾帱（chóu）：被子和帐子。《后汉书·姜肱传》载："后汉姜肱与弟仲海、季江相友爱，常同被而眠。"

② 疾疢（chèn）：疾病。

③ 无乃：岂不是。儿女仁：指小儿女的脆弱感情。

④ 仓卒：匆忙之间，指与曹彪的分别在片刻间。

【鉴赏】

　　曹植（192—232），字子建，沛国谯县（今安徽亳州）人，三国魏武帝曹操第三子，魏文帝曹丕之弟，建安文学的代表人物与集大成者。文学批评家钟嵘在《诗品》中把他列为品第最高的诗人，并称赞其"骨气奇高，词采华茂，情兼雅怨，体被文质，粲溢今古，卓尔不群"。曹植虽出身权贵之家，却是政治斗争中的牺牲品。建安二十五年（220年）正月，曹操病逝于洛阳，曹丕继位，自此曹植的生活陷入了处处受困、惶惶不安之中。

　　此处所选的《赠白马王彪》作于黄初四年（223年）七月。是年，曹植和他兄弟曹彰、曹彪一同至京师洛阳参加"会节气"的活动。在此期间，曹彰突发急病，暴毙于府邸中。曹植与曹彪在返回封地的途中，监国使者以二王归藩，不宜同行同宿为由，监视二人，限制他们互相接触。曹植愤恨至极，于是写下《赠白马王彪》。

此处节选的是全诗的第六章，共十二句。上一章诗的内容是记叙诗人由曹彰之死引起的怨愤，这一部分承接上文，记叙了诗人对兄弟的安慰和劝勉。

"心悲动我神，弃置莫复陈"，承接上一章诗的内容，既是诗人对兄弟曹彪的劝慰，更是在劝慰自己：在当前这样的形势下，我们一味地沉湎于忧伤之中，除了伤身伤神，又能有什么用呢？曹植此时已经清醒地意识到政治斗争的残酷，与其自怨自艾，不如抖擞精神振作起来。于是就有了"丈夫志四海，万里犹比邻"的豪言壮语，来为自己和曹彪加油打气。当时曹植与曹彪兄弟二人被监视、隔离，处境十分凶险。曹植告诉曹彪：大丈夫人生在世，理应志在四海，纵使相隔万里也犹如比邻而居。

其后八句则是从兄弟感情的角度对曹彪的劝慰：假如我们兄弟之间的情谊没有削减，那么距离遥远反会更加深你我的思念，又何必一定要抵足同榻共眠，才能表现我们的感情深沉。你千万要保重身体，过度的忧思会导致疾病，切莫沉溺在这些儿女之情的牵绊之中。曹植的言外之意就是要告诉曹彪，不要对这次没能同行太过介怀，把志向放得长远一些，不要被眼前的困难击倒。在言辞之间，坚强慈爱的兄长形象，跃然纸上。

只是他们真的能完全忽视因为大位争夺而产生的人伦惨剧，完全放下心中的芥蒂吗？答案恐怕并不那么简单。诗人在不断的纠结挣扎中，恐怕已经明白，他与曹彪之间在这一别之后也许再难相见，还是发出了"仓卒骨肉情，能不怀苦辛？"的叹息。

这首诗共七章，从对京城的留恋和旅途的艰辛，到骨肉间生离死别的悲痛和政治上受压抑的苦闷，然后是对兄弟曹彰的哀悼，并由此感叹人生无常，最后更强颜欢笑地宽慰曹彪，真实地反映了立嗣之争中曹氏兄弟之间尖锐的矛盾。

赴戍登程口占示家人二首^①·其二

［清］林则徐

力微任重久**神**疲，再竭衰庸定不支^②。
苟利国家生死以，岂因祸福避趋之！
谪居正是君恩厚^③，养拙刚于戍卒宜^④。
戏与山妻谈故事^⑤，试吟断送老头皮^⑥。

【注释】

① 赴戍：指林则徐启程戍守伊犁。
口占：即兴作诗。

② 衰庸：意近"衰朽"，衰老而无
能，这里是自谦之词。

③ 谪居：被遣戍远方。

④ 养拙：藏拙，守本分、不显露。

⑤ 山妻：对自己妻子的谦称。

⑥ 断送老头皮：断送性命。宋真宗
时，杞人杨朴奉召入朝面圣，自言临
行时其妻送诗一首云："更休落魄贪
杯酒，亦莫猖狂爱咏诗。今日捉将官
里去，这回断送老头皮。"苏轼赴诏
狱，妻子哭送。苏轼对其妻说："你
不能像杨朴的妻子一样送我一首诗
吗？"

【鉴赏】

　　林则徐（1785—1850），字元抚，福建侯官县人，清末的政治家、思想家和
诗人。第一次"鸦片战争"时期，林则徐以虎门销烟、奋力抗英而闻名中外，为
后人称颂，成为一代名臣、民族英雄。

　　道光二十年（1840年）六月，英军派舰队封锁珠江口，进攻广州。林则徐
严密布防，英军的进攻未能得逞。英军受阻，北上攻占定海，抵达天津大沽口，
威胁北京。道光帝惊慌失措，急令直隶总督琦善前去"议和"，又命令两江总督
伊里布查清英军攻占定海的原因，究竟是由于"绝其贸易"还是"烧其鸦片"，
意欲将林则徐作为替罪羊。同年九月，道光帝下旨将林则徐革职，次年被发配伊

犁。这首诗就是诗人在西安与妻子分别远赴伊犁时所作。

诗歌的首联是劝慰家人的话，他想告诉亲人们，不要因为我的不幸遭遇而心生怨恨，这对我而言也不一定是坏事：我以微薄的个人力量担当国家重任，早已感到十分疲惫了，如果再继续下去，精神体力都会衰竭，现在这样正好可以歇一下，大家不要为我感到难过。

颔联用宣誓般的语气回应了人们对他不幸命运的同情。《左传·昭公四年》中记载，郑国大夫子产因改革军赋制度受到他人毁谤时说："苟利社稷，死生以之。"诗人借用子产的话为自己发声：倘若是对国家有利的事情，我定将不顾个人生死，绝不能因为有利可图就主动上前，因为会遭遇灾祸就选择逃避。朴素的语言，却表达了诗人刚正不阿的高尚品德和忠诚无私的爱国情操。

最后两联是诗人对自己遭遇的调侃。正因为有着"苟利国家生死以"的高尚情操，诗人舍弃小我，坦然地接受了朝廷的指派。所谓雷霆雨露，皆是皇恩，那么被流放伊犁，也是君恩深厚。于是他告诉自己：我还是谨守本分，当一个普通的驻守边疆的士兵更合适。为了安慰家人，他还同妻子开起了玩笑，对她讲起宋真宗召对杨朴和苏东坡赴诏狱的故事，调侃自己。

此时的林则徐已经清醒地意识到自己今后所要面对的种种艰难处境，为了不让家人为自己担心，写下了上面这些文字。一方面宽慰家人，另一方面也是对自己的一种安慰。他一生为国为民，鞠躬尽瘁，最终不但没有被褒奖，却换来了革职远徙的惩罚。个人的抗争，在软弱的统治者面前毫无意义，他心中的愤懑和矛盾都无从宣泄，后人也只能在这只言片语中去寻觅英雄末路、壮志难酬的无奈与哀伤。

酬乐天扬州初逢席上见赠

[唐] 刘禹锡

巴山楚水凄凉地①，二十三年弃置身。
怀旧空吟闻笛赋②，到乡翻似烂柯人③。
沉舟侧畔千帆过，病树前头万木春。
今日听君歌一曲，暂凭杯酒长精神。

【注释】

① 巴山楚水：四川、湖南、湖北一带。指诗人贬居之地。
② 闻笛赋：指西晋向秀的《思旧赋》。三国曹魏末年，嵇康、吕安因不满司马氏篡权而被杀害。向秀经过嵇康、吕安的旧居，听到邻人吹笛，不禁悲从中来，于是作《思旧赋》。
③ 烂柯人：指晋人王质。《述异记》载，晋人王质上山砍柴，见两个童子下棋，就停下观看。等棋局终了，手中的斧柄已经朽烂。回到村里，才知道已经过了百年，同代人都已经亡故。

【鉴赏】

刘禹锡（772—842），字梦得，河南洛阳人，中唐著名文学家、哲学家，诗作"雄浑老苍，沉着痛快"（刘克庄语）。唐顺宗永贞元年（805年），刘禹锡因"八司马案"被贬，期间辗转朗州、连州、夔州、和州等地，至唐敬宗宝历二年（826年）冬才奉调回到东都洛阳，当时刘禹锡与同样被调任回洛阳的白居易在扬州相遇，白居易在宴席上作《醉赠刘二十八使君》赠予刘禹锡，刘禹锡写此诗作答。

诗的首联"巴山楚水凄凉地，二十三年弃置身"，交代了诗人的政治遭遇。刘禹锡因积极参加顺宗朝王叔文领导的政治革新运动而遭受迫害，长谪异地二十余年，不仅政治理想无法实现，人生前途更是一片茫然。"凄凉地"和"弃置身"就是诗人谪居生活的真实写照。

颔联第一句"怀旧空吟闻笛赋"，传达了对受害的同僚的悼念。昔日，嵇康、吕安等人为司马氏所害，向秀经过两人旧居，听到邻人激越的笛声，心有所感写下了《思旧赋》来表达对友人的怀念。而在"八司马案"中受害的众人在时间过了这么久之后，也各有凋零。面对这些凄惨的境遇，诗人无能为力，只剩叹息。第二句"到乡翻似烂柯人"，则是自陈近况。岁月流逝，人事变迁，自己虽然侥幸幸存，然而数年后回到故乡，竟有恍如隔世之感。

颈联"沉舟侧畔千帆过，病树前头万木春"要联系白居易赠诗来理解。白诗中有"举眼风光长寂寞，满朝官职独蹉跎"（《醉赠刘二十八使君》）两句，意思是说同辈的人都已经获得了升迁，只有你在这荒凉之地虚度了年华。刘禹锡这两句诗既是对白居易的回应，也是对自己的安慰。他说：沉舟侧畔，依然会有千帆竞发；而病树前面，会有更多的树木欣欣向荣。他用"沉舟"和"病树"自喻，悲伤沉郁却又豁达昂扬。

尾联"今日听君歌一曲，暂凭杯酒长精神"，写出了诗人对于朋友真诚关爱的感激，他劝慰白居易不必太为自己的不幸而忧伤，因为他对世事变迁和仕途沉浮，已经有足够的认识和心理准备，表示自己一定能够用豁达的胸襟去看待当前的一切，好好振作起来，重新投入到生活中去。

刘白二人之间的真挚友谊是文学史上的一段佳话，刘禹锡"诗豪"之名便出自白居易之口："彭城刘梦得，诗豪者也，其锋森然，少敢当者。予不量力，往往犯之。夫合应者声同，交争者力敌，一往一复，欲罢不能。繇是每制一篇，先相视草，视竟则兴作，兴作则文成。一二年来，日寻笔砚，同和赠答，不觉滋多。"（白居易《刘白唱和集解》）

白居易的《醉赠刘二十八使君》写得坦率真诚，既赞美了刘禹锡的才华，也对刘禹锡贬官二十三年的坎坷遭遇表示了同情和愤慨。刘禹锡的这首回作，并没有让自己的情绪完全沉浸在政治失意的愤慨中，反而化悲愤为乐观，展现了积极豁达的人生态度。

【魂】

超超神明，返返冥无。来往千载，是之谓乎。

南 乡 子

［南唐］冯延巳

细雨湿流光，芳草年年与恨长。烟锁凤楼无限事①，茫茫。鸾镜鸳衾两断肠②。**魂**梦任悠扬③，睡起杨花满绣床。薄幸不来门半掩④，斜阳。负你残春泪几行。

【注释】

① 凤楼：《列仙传》载，秦穆公为其女弄玉筑造凤台，弄玉与萧史常于此吹箫，后来一同飞升成仙。"凤楼"由此而来，这里指女子的妆楼。

② 鸾镜：镜子的别称。鸳衾：绣着鸳鸯图案的被子。

③ 魂梦：即"梦魂"，古人认为人的灵魂能在睡梦中离开肉体，故称。

④ 薄幸：即薄情郎。对爱情不专一的男子。

【鉴赏】

冯延巳（903—960），字正中，江都府（今江苏扬州）人，南唐著名词人。冯延巳的人品，颇受非议，常有"奸佞险诈""谄媚险诈"等评价，但文学造诣却不容置疑。《南唐书·冯延巳传》中记载孙晟曾当面指责冯延巳说："鸿笔藻丽，十生不及君；诙谐歌酒，百生不及君；谄媚险诈，累劫不及君。"冯延巳的词多描写相思恨别、男欢女爱、伤春悲秋的内容。这首词具体创作时间不详，大约是词人早期作品，内容是借伤春言闺情。

这是一首描写少女怀春的闺情词。上阕"细雨湿流光，芳草年年与恨长"，丝丝细雨落在芳草地上，不仅打湿了脚下的土地，也浸湿了时光，微风吹过，春草摇曳，这些春草年复一年地与少女心中的离恨一起生长。以咏草起兴，写出女子独居的凄苦。"流光"一词暗指时光的流逝，对于女主人公而言她无比希望这孤冷寂寞的日子能够快点儿度过，但她又惧怕时间过得太快，自己青春不再，红颜老去。这种矛盾心理最终归结于一个"恨"字，恨岁月悠悠，恨生活无奈。下面三句进一步抒写了"恨"的缘由。"烟锁凤楼无限事，茫茫。鸾镜鸳衾两断肠"，说凤楼深深，过去那些美好的情事如今都好像烟尘般散去，深深地封存在记忆之中，恍如隔世，独留下女主人公自己痴痴地凝望着饰有鸾鸟图案的铜镜和绣着鸳鸯的锦被，思念成疾，肝肠寸断。

下阕细致地记叙了女主人公愁怨萦心的日常生活情景。"魂梦任悠扬，睡起杨花满绣床"先写女子春睡醒来的情形：闺阁深锁，她离不开幽深寂寞的闺房，于是只能在梦中信马由缰，寻求解脱，可是蓦然醒来，只见片片杨花穿过窗子铺满了绣床，梦终归是梦。古人把柳絮称作杨花，"新年鸟声千种啭，二月杨花满路飞"（庾信《春赋》）。杨花意象不仅仅喻指春天的到来，同时也隐含着留恋不舍——"杨柳青青著地垂，杨花漫漫搅天飞。柳条折尽花飞尽，借问行人归不归"（隋佚名《送别》）、漂泊无依——"似花还似非花，也无人惜从教坠。抛家傍路，思量却是，无情有思"（苏轼《水龙吟·次韵章质夫杨花词》）的深刻意味。词中的"杨花满绣床"融合了杨花意象的种种象征，它既是实写女主人公眼前之物，也是虚写她自己的不幸命运，如随风四散的杨花般轻贱。"薄幸不来门半掩，斜阳。负你残春泪几行"三句写女主人公独自生活的场景：她每日半掩闺门，但那薄情负心的人却迟迟不来相见，夕阳西下，眼看这三春美景即将消逝，美好春光被白白辜负，除了默默流泪还能做些什么呢？

这首词摆脱了花间词人对妇女容貌与服饰的单纯描绘，反而转向对人物内心感情的生动刻画，情感表达凄婉动人、意味深长。

九歌·国殇

[先秦] 屈原

操吴戈兮被犀甲^①，车错毂兮短兵接^②。

旌蔽日兮敌若云，矢交坠兮士争先。

凌余阵兮躐余行^③，左骖殪兮右刃伤^④。

霾两轮兮絷四马^⑤，援玉枹兮击鸣鼓^⑥。

天时怼兮威灵怒^⑦，严杀尽兮弃原野。

出不入兮往不反，平原忽兮路超远。

带长剑兮挟秦弓，首身离兮心不惩。

诚既勇兮又以武，终刚强兮不可凌。

身既死兮神以灵，子魂魄兮为鬼雄。

【注释】

① 吴戈：吴国制造的戈，因锋利而闻名。犀甲：犀牛皮制作的铠甲，特别坚硬。

② 毂：车轮的中心部分，有圆孔，可以插轴，这里泛指战车的轮轴。

③ 躐（liè）：践踏。

④ "左骖"句：左边的骖马倒地而死，右边的骖马被兵刃所伤。骖（cān），驾在辕马两旁的马。殪（yì），死。

⑤ "霾两"句：战车的两个车轮陷进泥土被埋住，四匹马也被绊住了。霾，通"埋"。古代作战，在激战将败时，埋轮缚马，表示坚守不退。

⑥ "援玉"句：手持镶嵌着玉的鼓槌，击打着声音响亮的战鼓。先秦时期作战时，主将击鼓督战。枹（fú），鼓槌。

⑦ 天时怼：上天怨怒。怼（duì）：怨。

【鉴赏】

　　《九歌》是屈原在民间祭神乐歌基础上创作的组诗，共十一篇，《国殇》是其中第十首。国殇，就是指为国捐躯的人，也用以指未成丧礼的无主之鬼。古时将未成年而夭折称之为"殇"，按古代葬礼，在战场上"无勇而死"者，照例不能敛以棺柩，葬入墓域，也都是被称为"殇"的无主之鬼。

　　屈原生活的楚怀王和楚顷襄王时代，发生过数次秦楚战争，楚国有十余万将士在与秦军的战争中横死疆场。战死疆场的楚国将士因是战败者，故而也只能暴尸荒野，无人替这些为国战死者操办丧礼，进行祭祀。正是在这样的背景下，屈原创作了这首作品，哀悼死难殉国的将士的亡灵。

全诗可分为两个章节，前十句为第一节，描写楚国将士殊死战斗、壮烈牺牲的战争经过。"操吴戈兮被犀甲，车错毂兮短兵接。旌蔽日兮敌若云，矢交坠兮士争先。"诗人的目光直接投射到战场之上：面对数倍于我军的敌人，楚国的将士们披甲执戈，与敌军短兵相接，即便飞箭漫天也丝毫不曾退却。"凌余阵兮躐余行，左骖殪兮右刃伤。霾两轮兮絷四马，援玉枹兮击鸣鼓。"这是一场卫国之战，敌人来势汹汹，欲长驱直入攻陷我军阵地，楚国的将士们没有临阵脱逃，他们伴随着进军的战鼓，勇猛前行。诗人在这里采用聚焦特写的方式，重点描写了一辆伤情惨重的战车，以此来凸显战争的惨烈。尽管楚军将士竭尽全力，但这场鏖战最终以楚军的失败而告终。"天时怼兮威灵怒，严杀尽兮弃原野。"漫天杀气引得苍天震怒，当杀气散尽，战场上只留下遍野尸横。

诗歌后八句是第二部分，诗人以饱含情感的笔触祭奠着死难将士的英灵，讴歌了他们誓死卫国的高尚情操。"出不入兮往不反，平原忽兮路超远。带长剑兮挟秦弓，首身离兮心不惩。"诗人面对着将士们一动不动的尸体，悲伤和敬佩从心底油然而生。英雄们自披上战甲的那一刻起，就已经把自己交给国家，将生死置之度外，此刻即便身首异处，他们依然紧握兵器，安详无悔地躺在那里，守卫着脚下的土地。此刻，诗人的心中充满了对牺牲将士们的崇敬和景仰。"诚既勇兮又以武，终刚强兮不可凌。身既死兮神以灵，子魂魄兮为鬼雄。"这是诗人自心底对英雄们的礼赞，他大声地向天地间还未曾远去的英灵高呼：你们是真正的勇士，英武顽强，坚毅不屈。请相信，你们的身体虽然死去，但神灵终将不朽，即便魂归地府，你们也是鬼中的豪杰，英名永存。

秦楚之间的战争以楚国灭亡而告终，但楚国可以被征服，楚人却永远不能被消灭。这首《国殇》正是楚人顽强品格的写照，屈原在悼亡将士的同时，也道出了楚国人民不畏强敌，热爱家国的心声。和《九歌》中其他想象瑰丽的作品相比，这首诗情感深挚炽烈，充满阳刚之美，是一首优秀的现实主义杰作。

鹧鸪天

［宋］晏幾道

彩袖殷勤捧玉钟^①，当年拚却醉颜红^②。舞低杨柳楼心月，歌尽桃花扇底风。从别后，忆相逢，几回魂梦与君同。今宵剩把银釭照^③，犹恐相逢是梦中。

【注释】

① 彩袖：指代歌女。玉钟：古时指珍贵的酒杯，是对酒杯的美称。
② 拚却：甘愿，不顾惜。却，语气助词。
③ 银釭（gāng）：银质的灯台，代指灯。

【鉴赏】

晏幾道（1038—1110），字叔原，号小山，和其父晏殊同为北宋著名词人，并称为"二晏"。晏殊于宋仁宗至和二年（1055 年）病亡。宋神宗熙宁二年（1069 年）王安石被任命为参知政事，开始议行新法，而晏幾道属于反对新法的欧阳修一派。亲人的亡故和政治上的失势，再加上晏幾道自身个性耿直、不愿依附新贵，使晏幾道的生活境况日趋恶化，仕途坎坷。对比昔日富贵奢华的生活，晏幾道写出了许多追溯往事的作品，这首《鹧鸪天》就是其中之一。

上阕追忆往事，描写词人早年生活场景。"彩袖殷勤捧玉钟，当年拚却醉颜红。舞低杨柳楼新月，歌尽桃花扇底风。"词人与倾心的美人相会，那美丽的女子彩衣酥手频频捧杯，殷勤劝酒，词人开怀畅饮，喝得酒醉面红。酒意正浓，乘兴而起，美人翩翩起舞，尽情歌唱，宴席从傍晚时分一直持续到深夜，还未结束。酒宴上的歌舞盛况，让人陶醉不已，无法自拔。"彩袖"美人、"玉钟"佳酿、酒酣红面、"杨柳"轻舞、"桃花"微醺、"月"色皎白、"楼"台高渺，既是实景，也是回忆，它们确实曾真实存在，一种如梦如幻的美感在虚虚实实中呈现在读者眼前。"钟鼓馔玉不足贵，但愿长醉不愿醒"（李白《将进酒》）也许才是词人心中所想，它是相府公子醉生梦死似的欢乐，更是贵族子弟奢华生活的全景展示。

昔日的生活有多么奢华，如今的境遇就有多么凄凉；昔日的相聚有多么欢乐，离别后的心情就有多么寂寞。词的下阕，词人的笔触从物质生活转向精神层面。二人别后多年，再次相见，人事巨变，恍如隔世。"从别后，忆相逢，几回魂梦与君同。今宵剩把银釭照，犹恐相逢是梦中"化用杜甫《羌村》"夜阑更秉烛，相对如梦寐"诗句，这是词人向旧时情人娓娓倾诉着相思之苦。灯烛意象暗示着苦闷生活中的希望之光，但这光芒却是虚幻的，词人觉得即便二人没能长相厮守，最终分别两地，然而词人也始终没有忘却那段生活，他无数次在梦中与她相会，以至于现在梦中人就在自己眼前，他却有些分不清眼前是梦是真，害怕再次醒来这又是一场幻梦，自己还要独自忍受更加痛彻心扉的相思。

晏几道曾以其"秀气胜韵，得之天然"的清丽词风盛名一时，这首词将一对恋人从初识、欢聚、别离到重逢的曲折过程，浓缩在短短几十字中，虚实结合，情真意切，不愧情词经典。唐圭璋先生在《唐宋词简释》中评价此词："'剩把'与'犹恐'四字呼应，则惊喜俨然，变质直为婉转空灵矣。上言梦似真，今言真如梦，文心曲折微妙。"文辞简易，得其精妙。

渔 家 傲

［宋］李清照

天接云涛连晓雾，星河欲转千帆舞。
仿佛梦魂归帝所^①，闻天语^②，殷勤问我
归何处。
我报路长嗟日暮^③，学诗谩有惊人句^④。
九万里风鹏正举。风休住，蓬舟吹取三
山去^⑤！

【注释】

① 帝所：天帝居住的地方。

② 天语：天帝的话语。

③ 嗟：慨叹。

④ 谩有：空有。谩，徒，空。

⑤ 蓬舟：像蓬草一样轻快的船。三山：《史记·封禅书》记载，渤海中有蓬莱、方丈、瀛洲三座仙山，相传为仙人居所，虽然人可以望见，但乘船前往，临近时就被风吹开，终无人能到。

【鉴赏】

　　根据《金石录后序》记载，李清照曾"雇舟入海"，经历了许多风险磨难。从这首词的内容来看，它应该是创作于李清照南渡之后，陈祖美《李清照简明年表》认为此词作于宋高宗建炎四年（1130 年）。这是一首记叙梦境的词，内容奇幻缥缈，充满着浓郁的浪漫气息。

　　上阕开篇两句"天接云涛连晓雾，星河欲转千帆舞"，用密集的景物描写展现了一幅海天一色的壮美图卷。层云、雾霭、繁星、船帆，在词人笔下依次出场：这是海上的晨曦，长空万里，层云如涛，海雾朦胧，交连在一起，模糊了天海界限；太阳还没有升起，天边的星辰依稀可辨，它们流转于天幕之上渐渐沉落入海，与海中的帆影相映成趣。其中穿插的几个动词，为这场幻梦增添了船行海上的真实体验，例如"转""舞"两字，正是词人在风浪颠簸中的感受，船摇帆

舞，星河欲转，虚虚实实，奇丽多姿。接下来三句"仿佛梦魂归帝所，闻天语，殷勤问我归何处"，记叙了词人的梦境活动。在这凌晨时分，似梦非梦的时候，"我"却仿佛回到了天庭之中，听到天帝殷切地询问"我"究竟打算去向何方。此处词人记梦，但这梦境其实正是现实的映射。在现实中，皇帝弃国逃亡，词人一介弱质女流被迫南渡，漂泊天涯，尝尽了人间的辛酸悲苦。种种遭遇，使得词人更加渴望那些在现实中得不到的温情，因而寄托于幻想，现实中她无处诉说苦难，于是在梦中寄语天帝，求告上苍。

上阕末句写天帝问话，下阕一个"报"字，显示这是词人对天帝的回答。"我报路长嗟日暮，学诗谩有惊人句"，此处词人化用了杜甫《江上值水如海上势聊短述》中"语不惊人死不休"的诗意，全句意思是说：我回答天帝说，我要走的路还很远很远，日复一日走到黄昏还没有到达。词人究竟要去哪里？这句回答却有些模棱两可，连她自己都说："我自幼学习写作，自以为小有成就，然而面对这茫茫大海，我却无从表达。"也许，漂泊无依的词人自己也在寻找着答案吧！最后三句"九万里风鹏正举，风休住，蓬舟吹取三山去"，借用《庄子·逍遥游》"鹏之徙于南冥也，水击三千里，抟扶摇而上者九万里"的神奇形象和浪漫意境，词人终于在冥思苦想之后给出了回答，她希望像大鹏鸟那样乘着万里长风起飞，去到那遥远的大海深处，蓬莱、方丈、瀛洲三座仙人居住的神山，去过自己向往的美好生活。

这首词利用犹如汉代大赋的问答写法，把真实的生活感受融入梦中幻境，想象雄奇，意境辽阔，在李清照现存诸多作品中别具一格，置诸整个词史亦是难以超越的作品。

黄　河

[唐]薛　能

何处发昆仑^①，连乾复浸坤。

波浑经雁塞^②，声振自龙门^③。

岸裂新冲势，滩余旧落痕。

横沟通海上，远色尽山根。

勇逗三峰坼^④，雄标四渎尊^⑤。

湾中秋景树，阔外夕阳村。

沫乱知鱼呴^⑥，槎来见鸟蹲。

飞沙当白日，凝雾接黄昏。

润可资农亩，清能表帝恩。

雨吟堪极目，风度想惊魂。

显瑞龟曾出^⑦，阴灵伯固存^⑧。

盘涡寒渐急，浅濑暑微温^⑨。

九曲终柔胜，常流可暗吞。

人间无博望^⑩，谁复到穷源。

【注释】

① 昆仑：昆仑山，又称昆仑虚，古时认为黄河发源于昆仑山。

② 雁塞：应指雁门关，其地距黄河不远。

③ 龙门：黄河古渡口，在今山西省河津市，传说大禹在此治水，故又名禹门。

④ 三峰：指华山之莲花、毛女、松桧三座山峰，也代指华山。坼：裂缝。

⑤ 四渎：长江、黄河、淮河、济水的合称。

⑥ 呴（xǔ）：慢慢呼气。

⑦ "显瑞"句：指"河图洛书"的传说，传说伏羲氏时有龙马从黄河出现，背负"河图"，有神龟从洛水出现，背负"洛书"。

⑧ 伯：指河伯，古代中国神话中的黄河水神。

⑨ 濑（lài）：沙石浅表处流得很急的水。

⑩ 博望：汉代张骞的封号。《博物志》载，汉武帝令张骞穷河源。

【鉴赏】

　　晚唐诗人薛能（817—880），字太拙，河东汾州（今山西汾阳）人。晚唐大臣，著名诗人。唐代诗僧无可曾高度评价他说："诗古赋纵横，令人畏后生。"这首《黄河》具体创作时间不详。全诗气度恢宏，用赋的形式展示了一幅壮美的长河画卷。

诗人的笔触从黄河源头写起，首句"何处发昆仑，连乾复浸坤"，用夸张的手法交代了黄河发源于昆仑山脉，其水源从天而来流向苍茫的大地。诗人也许无法真正追寻到黄河源头，但神水发神山是千百年来共同的认知。从"波浑经雁塞"到"雄标四渎尊"句，诗人追寻着黄河奔流的脚步，一路向前：它波涛滚滚地夹裹着泥沙，经过雁门关，在龙门古渡发出雷鸣般的声响，冲击过数不清的峡谷、滩涂、沟壑和山峦，劈山裂河，冲出黄土高原，流向平缓的中原大地。

"湾中秋景树"到"凝雾接黄昏"六句，描绘了黄河及其沿岸优美的风光。河湾中林木成荫，夕阳的余晖笼罩着朴素的村庄。从河水中泛起的浮沫，可以察觉到鱼儿的所在，打鱼的小船上鱼鹰安静地等待着捕捉的时机。时而掀起的飞沙遮蔽了日头，凝结的雾气连接起黄昏的天地。

"润可资农亩，清能表帝恩。雨吟堪极目，风度想惊魂。显瑞龟曾出，阴灵伯固存"六句，抒写黄河作为人文之河，为人类文明发展做出的贡献。河水滋养了沿岸的农田，养育了千千万万的中华儿女。有时风雨交加，电闪雷鸣，这是天降异兆，神龟出世，河神显灵，华夏文明便诞生于此间。

最后六句再次描写黄河的样貌，她时而涡流湍急，时而九曲回环，宏伟壮阔。黄河是中华民族的母亲河，她记录了炎黄子孙曾经的苦难，承载着华夏儿女的期望，也镌刻着世世代代不屈不挠的精神。

在历朝历代的诗词作品中，有不少有关黄河的诗词名篇。如"君不见，黄河之水天上来，奔流到海不复回"（李白《将进酒》），借黄河奔流之姿，展现了李白孤高自傲、桀骜不驯的性格特征；"人间更有风涛险，翻说黄河是畏途"（宋琬《渡黄河》），以黄河之险喻人生之多艰。薛能此诗是其中比较特殊的一篇，这首诗以《黄河》为名，仿佛是一首描写黄河的大赋，诗人饱含着对母亲河的深沉情感，用丰简不同的笔触对黄河进行了的描写。冼星海先生的《黄河大合唱》组曲之中有一篇题为《黄河颂》，它的歌词中这样写道：

> 我站在高山之巅，望黄河滚滚奔向东南。
>
> 金涛澎湃，掀起万丈狂澜；
>
> 浊流宛转，结成九曲连环；
>
> 从昆仑山下，奔向黄海之边；
>
> 把中原大地劈成南北两面。
>
> 啊，黄河！你是中华民族的摇篮！
>
> 五千年的古国文化，从你这发源；
>
> 多少英雄的故事，在你的身边扮演！
>
> 啊，黄河！你是伟大坚强，
>
> 像一个巨人出现在亚洲平原之上，
>
> 用你那英雄的体魄筑成我们民族的屏障。
>
> 啊，黄河！你一泻万丈，浩浩荡荡，
>
> 向南北两岸伸出千万条铁的臂膀。
>
> 我们民族的伟大精神，将要在你的哺育下发扬滋长！
>
> 我们祖国的英雄儿女，将要学习你的榜样，
>
> 像你一样的伟大坚强！
>
> 像你一样的伟大坚强！

这组文字与薛能的这首诗作，仿佛是黄河子孙跨越千年的深沉对话。

画 堂 春

[清] 纳兰性德

一生一代一双人，争教两处销魂①。相
思相望不相亲，天为谁春。
浆向蓝桥易乞②，药成碧海难奔③。若容
相访饮牛津④，相对忘贫。

【注释】

① 争教：怎教。

② 蓝桥：裴铏《传奇》载"蓝桥之
遇"，讲述了秀才裴航行至蓝桥，口
渴求水，得妻云英的故事。

③ "药成"句：用嫦娥偷灵药的典故。
李商隐《嫦娥》："嫦娥应悔偷灵药，
碧海青天夜夜心。"

④ 饮牛津：晋人张华《博物志》载，
海边有人乘浮槎见到了宫中的数名织
女和天河边饮牛的牛郎。

【鉴赏】

这首词的具体创作背景不详。有学者认为词中所写的女子即纳兰性德表妹谢
氏，传闻纳兰性德与表妹青梅竹马，情投意合，但表妹被康熙帝纳为妃子，两人
自此生生分离，纳兰性德痛苦万分，故作此词。也有人认为这首词是悼念亡妻
之作。

这首词是诗人的第一视角，他没有伤春悲秋，没有即景抒情，而是指天誓地
地直接表达出心底的所思所想。

词的上阕起笔便是"一生一代一双人，争教两处销魂"的悲叹：词人指问苍
天，我们明明是天造地设的一对恋人，为何不能永远在一起，只能各自销魂神
伤。"相思相望不相亲，天为谁春？"既然有情人相亲相爱却不能长相厮守，那
么老天爷啊，你的春天又是为谁而来呢？唐代骆宾王《代女道士王灵妃赠道士李
荣》诗中有"相怜相念倍相亲，一生一代一双人"之句，王勃的《寒夜怀友杂

体》诗中则有"故人故情怀故宴,相望相思不相见"之句,纳兰性德旁征博引,把原本不相干的两首诗的诗句融汇到一处,在层层叠加推进的语气中誓问上苍,将词人心中的悲愤推向顶点。

词的下阕大量引用典故,抒发爱而不得的怨愤之情。

第一典"浆向蓝桥易乞"。《太平广记》载:裴航从鄂渚回京途中,与樊夫人同舟,裴航赠诗致情意,后樊夫人答诗:"一饮琼浆百感生,玄霜捣尽见云英。蓝桥便是神仙窟,何必崎岖上玉清。"后于蓝桥驿因求水喝,得遇云英,裴航向其母求婚,其母曰:"君约取此女者,得玉杵臼,吾当与之也。"后裴航终于寻得玉杵臼,遂成婚,双双仙去。此处用以表明自己也曾有过"蓝桥之遇",但爱情却没能得到一个圆满的结局。

第二典"药成碧海难奔"。《淮南子·览冥训》载:"羿请不死之药于西王母,姮娥窃之,奔月宫。"此处用以表明自己与心上人纵有深情却难以相见。

第三典"若容相访饮牛津"。晋代张华《博物志》载,天河与海通,近世有人居海渚者,年年八月,有浮槎来去,不失期。人有奇志,立飞阁于槎上,至一处,有城郭状,屋舍甚严,遥望宫中多织妇,见一丈夫牵牛渚次饮之。这个典故是表达自己虽然已经知道心爱的人与自己无缘,但还是渴望有一天能够与她相逢。

第四典"相对忘贫"。《汉书·王章传》载,汉代王章为诸生学于长安,生病无被,躺在牛衣中,向妻涕泣、诀别。此典用来表达词人的愿望,只要能和心上人相守一生,哪怕做一对贫贱夫妻也好。

词中一阕四句,连用四个典故,皆为夫妻离散的悲情故事,也正因如此,感情的迸发才显得更为激烈。词人叙写了一段苦恋无果、悲痛欲绝的感情,仿佛这已经不是一首词,而是歌剧中一段高亢激昂的咏叹调,在简练的文字里,让人读懂了世间最痛彻心扉的无奈与悲伤。

咏怀古迹·其三

[唐]杜 甫

群山万壑赴荆门①，生长明妃尚有村②。
一去紫台连朔漠③，独留青冢向黄昏。
画图省识春风面④，环珮空归夜月魂。
千载琵琶作胡语，分明怨恨曲中论。

【注释】

① 荆门：山名，在今湖北宜都西北。
② 明妃：指王昭君。
③ 紫台：即，紫宫，指汉宫。江淹《恨赋》："明妃去时，仰天太息。紫台稍远，关山无极。"
④ 画图：《西京杂记》载，元帝时期后宫女子众多，遂使画工图女子样貌，按图召见。宫人因此多贿赂画工，独王昭君不肯，及至赐于单于，临行召见，貌为后宫第一。

【鉴赏】

唐代宗大历元年（766 年）杜甫从夔州（今重庆奉节）出三峡，到江陵（今湖北荆州），先后游历了庾信故居、宋玉宅、昭君村、永安宫、先主庙、武侯祠等古迹，写下了《咏怀古迹》这组诗作，托古寓今，感怀己身。前文已选析了第四首永安宫怀古，此处选诗是组诗中的第三首。和其他作品不同，诗人并没有真正去到昭君故村游览，而是在白帝城凭借遥望想象，有感于王昭君的遭遇创作此诗，诗中在寄予自己深切同情的同时，也表达了深刻的爱国之情。

诗歌首联，首先点出昭君村的地址。荆门山及其附近的昭君村与诗人所在的白帝城远隔数百里，诗人发挥了他优秀的想象力，构想出一幅群山万壑随着险急江流一同奔涌冲向荆门山的奇丽图景，而这条艰险行程的终点却是一个小小的村庄。诗人使用如此不协调的笔调其实自有其用意，他将为国牺牲的昭君视作英雄一般的存在，所谓地灵人杰，在这雄壮的风景之中居住的是一个外表纤弱但内心坚强的女子。

颔联"一去紫台连朔漠,独留青冢向黄昏"书写昭君村的前世今生。当年她离开汉宫,毅然踏入渺远的荒漠,如今在她的故乡只留下一座空空的坟茔,独对着凄凉的黄昏。王昭君远嫁匈奴,老死塞外,遗体根本不可能归葬家乡,所以昭君村的青冢,实际上只是后人对她的纪念、祭祀之处。这两句全是虚写,是诗人的想象,表达的是诗人对昭君由衷的同情。

颈联"画图省识春风面,环佩空归夜月魂"联系历史事实,叙写昭君的身世和家国之情。昭君出塞的直接原因是汉元帝对待后妃宫人只看图画不看真人,把她们的命运完全交付到奸诈的画工手中。耿直如王昭君,因不肯贿赂画工最终造成了殒身塞外的悲剧。诗人想象着她的魂灵还会在某个月夜回到她生长的家乡。在道教术语中,以日为阳,称为"日魂";以月为阴,称为"月魄"。道教文化中,月亮神被称为"太阴星君",民间百姓又叫她"月光娘娘",可知这是一位美丽的女性神祇。在这里,诗人有意无意地将昭君神格化,让她的魂灵不仅能够重返故土,更寄予了美丽永生的祝愿。

尾联"千载琵琶作胡语,分明怨恨曲中论"用"怨恨"总结了全诗的主题。千百年来琵琶声声,演奏着关于昭君的故事,让这悲伤的曲调诉说着昭君悠远的怨恨。这"怨恨"不仅是对昏庸帝王之"怨",是一个远嫁异域的女子永远无法归还家乡之"怨",于乱世之中,它更是世世代代沉淀在人们心中对故乡的最为深厚的情感。

杜甫在写作此诗时正远离故乡,辗转漂泊在异地,前途渺茫,家乡洛阳对他而言就是可望不可即的地方。在那一刻,昭君仿佛就是诗人自身,夜月魂归的形象寄托了他深沉的家国之情。

【见】

采采流水，蓬蓬远春。

窈窕深谷，时见美人。

江村晚眺

[宋] 戴复古

江头落日照平沙^①，潮退渔船阁岸斜^②。
白鸟一双临水立^③，见人惊起入芦花。

【注释】

① 平沙：指广阔的沙原。
② 阁：架起、支撑。
③ 白鸟：白色羽毛的鸟类，鹤、鹭之类。

【鉴赏】

　　戴复古（1167— ？），字式之，出生且常居于天台道黄岩县南塘屏山（今属浙江台州），故自号石屏，南宋著名的江湖派诗人。他出身贫寒，但厌弃科场，故而选择终生不仕，游历江湖，足迹几乎遍及江南的主要地区。这首诗也是诗人游历生涯的一个小小记录，它记叙了诗人在傍晚时刻，远眺江边景色，欣赏到的一幅静谧温柔的画面。

　　黄昏十分，诗人伫立江边眺望远方，他究竟看了什么呢？"江头落日照平沙"，夕阳西坠，晚霞灿烂，江边沙滩平坦柔软，残阳余晖照在沙滩上，一派金红，仿佛天地都连成一片。一个"照"字，将天空和大地融为一体，在夕阳下所有的一切都变成了金黄色，诗人眼前的画面皆以"江头落日"引出。第二句"潮退渔船阁岸斜"，诗人的视线沿着夕照的方向从天空到沙滩再到岸边的渔船。晚霞中，江边的潮水也已经退去，渔人乘坐的渔船歪歪斜斜地随意靠在岸边。这些都是水乡再常见不过的场景，诗人如同一位优秀的画匠，用手中的笔将这一切凝固在画布上，万物寂然，岁月静好。

　　三、四句由静物写到生灵，"白鸟一双临水立，见人惊起入芦花"。远处一对白色的水鸟静静地伫立江边，似睡非睡。这时忽然发现有人到来，惊觉不已，扑啦啦展翅飞起，转眼间便没入开满白花的芦苇荡中。"立"和"惊"两个字，虽然都是描写鸟儿的动作，但一静一动，炼字巧妙，意境全出。

戴复古生活的南宋时期，北方强敌环伺，主和派把持朝政，统治者偏安一隅，不思进取；明知道已经是"山河破碎风飘絮"（文天祥《过零丁洋》），却"直把杭州作汴州"（林升《题临安邸》）。岳飞惨遭迫害，辛弃疾、陆游被弃用闲置，戴复古作为陆游的后学，虽然终生不入仕途，但心中并非全无意气，他也是"负奇尚气，慷慨不羁"（贡师泰《石屏集·序》），满腔忠心报国的赤诚之心，只因形势比人强，对位卑人轻的一介贫儒而言，那些意气与忠心也不过是心头事、笔下诗，无堪大用罢了。世乱则反求诸乡野的平静，于是就有了落日、平沙、江水、渔船、白鸟、芦花，静中有动，却又波澜不惊；鸟儿和芦花洁白如雪，雅致和谐。诗人一介布衣，没有尘虑萦心，才会让他能够捕捉到江南水乡如此优美的景色。这画面看似简单，却蕴藏着诗中有画的极致美感，蕴藏着中国古诗向大自然致敬的至高审美追求。

古琴名曲中有一首名为《平沙落雁》，曲名类似此诗"江头落日照平沙""白鸟一双临水立"的辞意。《平沙落雁》的曲调清丽舒缓，婉转灵动，《古音正宗》中说此曲："盖取其秋高气爽，风静沙平，云程万里，天际飞鸣。借鸿鹄之远志，写逸士之心胸也。"如若用琴与诗相携，曲与韵互证，则经典更加鲜活，文字与音符都历久弥新。

卜算子·黄州定慧院寓居作

[宋] 苏 轼

缺月挂疏桐，漏断人初静^①。谁见幽人
独往来^②，缥缈孤鸿影^③。
惊起却回头，有恨无人省^④。拣尽寒枝
不肯栖，寂寞沙洲冷。

【注释】

① 漏断：指深夜。漏，指古人计时用的漏壶。
② 幽人：幽居的人。
③ 孤鸿：孤单的鸿雁。
④ 无人省：意如"无人识"，是说根本没有人能够理解这种心情。省，理解。

【鉴赏】

定慧院，是北宋古刹，现址在湖北省黄冈市黄州区青砖湖社区内，紧靠黄州古宋城东门遗址旁边。宋神宗元丰三年（1080 年），苏轼因乌台诗案被贬为黄州团练副使，曾居住于此约四年时间。这首词大致作于宋神宗元丰五年或宋神宗元丰六年初，苏轼在被贬黄州后，生活一度比较艰难，"与田父野老，相从溪山间，筑室于东坡，自号'东坡居士'"（《宋史·苏轼列传》）。谪居黄州的这段日子是苏轼文学创作的巅峰时期，如今我们耳熟能详的《前赤壁赋》《后赤壁赋》《念奴娇·赤壁怀古》《临江仙》《定风波》等脍炙人口的作品皆作于此时。在这首《卜算子》词中，作者托物寓怀，表达了孤高自许、蔑视流俗的心境。

词的上阕描写深夜词人独自在庭院中徘徊的样子。"缺月挂疏桐，漏断人初静"说明了写作的时间和环境。"漏断"指时间已到深夜。在漏壶水尽，更深人静的时候，词人漫步在庭院中，梧桐树的枝叶已经大半掉落，稀稀疏疏，抬头望月，残月挂在枝头，月缺人不圆。在如此寂寞的月夜当然少不了寂寞的人，"时

见幽人独往来，缥缈孤鸿影"。在万物入眠、万籁俱静的此刻，我却独自在月光下孤寂地徘徊，就像是一只孤单飞过天空落单的大雁。"幽人"和"孤鸿"是相呼应的一对意象，词人在此处通过人、鸟形象的互相衬托、比附，强化了"人"的存在，使这种孤独的形象更加具体感人。

词的下阕继续发掘"幽人"与"孤鸿"的联系。"惊起却回头，有恨无人省"这两句写人：词人久久徘徊，突然不知什么原因从独自思索中惊醒过来，发现无论自己心中有多少孤寂凄凉，都没有人能够理解。"拣尽寒枝不肯栖，寂寞沙洲冷。"明写鸿雁，实际上还是以雁喻人。这只鸿雁在树枝间飞来飞去，迟迟不肯栖息，最后只好降落在寂寞寒冷的沙洲之上，度过漫漫长夜。读到这里我们不禁要问，词人是真的看到了这样一只鸿雁吗？答案当然是否定的。此处是词人以象征手法，通过落单的大雁那种孤独无依的状态，隐喻词人自己被贬谪后的孤寂处境和高洁自许、不愿随波逐流的心境。词人在文字间把自己和孤鸿化为一体，用拟人化的手法表现鸿雁的心理活动，把自己的主观感情对象化，把抽象的个人体验化为具体而可感的大众意象。

这首词一个突出的写作特征就是"双关"，从字面上看，全词的主体写作对象是"拣尽寒枝不肯栖，寂寞沙洲冷"的"孤鸿"，实际上这"孤鸿"身上处处影射诗人自己，寂寞是他，凄冷是他，倔强是他，身处困境也不肯妥协低头的更是他。黄庭坚对这首词评价极高，认为它："语意高妙，似非吃烟火食人语，非胸中有万卷书，笔下无一点尘俗气，孰能至此！"

上 李 邕

［唐］李　白

大鹏一日同风起，扶摇直上九万里^①。
假令风歇时下来，犹能簸却沧溟水^②。
世人见我恒殊调^③，闻余大言皆冷笑^④。
宣父犹能畏后生^⑤，丈夫未可轻年少^⑥。

【注释】

① "大鹏"两句:《庄子·逍遥游》:
"鹏之徒于南冥也，水击三千里，抟
扶摇而上者九万里。"
② 簸却:激扬。沧溟:大海。
③ 殊调:不同流俗的言行。
④ 大言:大话。
⑤ 宣父:即孔子，唐太宗贞观年间
诏尊孔子为宣父。宣，本义是古时帝
王召见大臣的大殿。
⑥ 丈夫:古代男子的通称，此处指
李邕。

【鉴赏】

　　李邕（678—747），字泰和，广陵江都（今江苏扬州）人，唐代书法家。唐
玄宗开元七年（719年）至九年前后，李邕曾任渝州（今重庆）刺史。青年李白
宦游至渝州，去拜见了李邕。李白行为不拘小节俗礼，在高谈阔论间写了这首
《上李邕》。

　　诗的前四句，诗人借"大鹏"自比。庄子《庄子·逍遥游》中描写了一种体
型巨大的神鸟:"鹏之背，不知其几千里也;怒而飞，其翼若垂天之云。""鹏之
徒于南冥也，水击三千里，抟扶摇而上者九万里，去以六月息者也。"大鹏鸟在
庄子的哲学世界中是自由和理想的象征。自认为"天生我材必有用"的青年李
白，胸怀大志，意气风发，十分自负，心中充满了浪漫的幻想和宏伟的抱负。开
篇两句说这只大鹏鸟有一天乘风而上，就能飞到九万里的高空。三、四两句说即
便大鹏鸟不借助风的力量，它的翅膀一扇，也可以轻松地将沧海之水簸干。这是

诗人对自己个人能力的自信和对未来成就的期待，李白在诗中极尽全力夸张地描写大鹏鸟的神力，这正是年轻诗人心目中自己的形象。

如果说前四句是以物言志，那么诗的后四句就是直抒胸臆。"世人见我恒殊调，见余大言皆冷笑"写出世俗之人对待青年李白的态度。"世人"，意指凡夫俗子。"殊调"和"大言"都是指不同凡响的言论。青年李白性格自负且张扬外放，常常高谈阔论，而不被世人所理解，甚至引起很多人的反感和取笑。但李白会因此而消沉吗？显然不会。"宣父犹能畏后生，丈夫未可轻年少！"他抬出孔圣人赏识提拔后生的故事，对凡夫俗子反唇相讥。《论语·子罕》中说："子曰：后生可畏。焉知来者之不如今也？"这两句意为孔老夫子尚且觉得后生可畏，你难道比圣人还要高明？怎么可以如此轻视年轻人呢！这两句是对凡夫俗子的揶揄和讽刺，而青年李白的锐气也跃然纸上。

"诗仙"李白生活的盛唐时期，政治安定，经济繁荣，国力强盛，历史上素有"盛唐气象"之谓。李白无疑是那个时代的最佳代言人，他"笔落惊风雨，诗成泣鬼神"（杜甫《寄李十二白二十韵》），文笔"执唐诗牛耳"（黄锦祥语），"酒入豪肠，七分酿成了月光，余下的三分啸成剑气，绣口一吐就半个盛唐"（余光中语）。他高度自负，"天生我材必有用"（《将进酒》），"我辈岂是蓬蒿人"（《南陵别儿童入京》）。李邕年长李白二十余岁，在当时已经是一位颇有社会地位的名士，青年李白初出茅庐，完全没有面对上位者的畏惧和自卑，这正是李太白的真本色。

蝶恋花

[宋] 欧阳修

庭院深深深几许，杨柳堆烟，帘幕无重数。玉勒雕鞍游冶处^①，楼高不见章台路^②。

雨横风狂三月暮^③，门掩黄昏，无计留春住^④。泪眼问花花不语，乱红飞过秋千去。

【注释】

① 玉勒雕鞍：镶玉的马笼头和精雕的马鞍。游冶处：指歌楼妓馆。

② 章台：汉长安街名。此处为妓院的代称。

③ 横（hèng）：放纵。

④ 无计：无法。

【鉴赏】

这首词在欧阳修的《六一词》和冯延巳的《阳春集》里都有收录，词牌名分别为"蝶恋花"和"鹊踏枝"。李清照认为是欧阳修所作，她的《临江仙》词序云："欧阳公作《蝶恋花》，有'深深深几许'之句，予酷爱之，用其语作'庭院深深'数阕。"这里遵从此种说法。

这是一首记写女子闺怨的词。词的首句"庭院深深深几许"，连用三个"深"字，强调女主人公的"深幽"。我们常说"深宅大院"，是指房屋众多且有围墙的院子，在旧时多指富贵人家的住宅。可见此处的"庭院深深"同时也在暗示着女主人公的身份并不一般。门庭高大的院落最深处，有一座华丽的楼阁，一位美丽的妇人斜倚在窗前，这三个"深"字不仅写出"庭院"之幽深，更写出了女主人公内心的孤寂。这种"孤寂"到了什么程度呢？词人用"杨柳""堆烟""帘幕"

这些意象将抽象的情感化作具体的形象，"堆"字道尽树荫之浓密，它们就像层层屏障遮蔽在女主人公面前，更像积郁在她心头的深深哀愁。试想女主人公独上高楼，放眼望去，杨柳层层如烟如幕，眼前景物阻隔了她的视线，遍寻不到丈夫的踪迹，内心自然升起无限悲凉。那她的丈夫到底在哪里呢？令人感到格外悲哀的是，他既不是从兵行商，也不是宦游求仕，而是在"玉勒雕鞍游冶处"风流快活。"游冶处"和"章台路"都直接点明女主人公哀怨悲伤的原因——寡情的丈夫在外寻欢作乐。

下阕完全转向对女主人公内心世界的探索。"雨横风狂三月暮"，三月本是春风细雨极其温柔的时节，但这里却用"横"和"狂"这样粗暴的词汇作形容，一方面它告知了我们，女主人公此时波澜起伏的内心；另一方面也在说丈夫的不忠对于女主人公而言，无异于这样的狂风暴雨般的无情折磨。"门掩黄昏，无计留春住"字面上讲春光的流逝，实际上说的却是女主人公被深锁在庭院之中，孤独度日，容颜日渐衰老，青春难以挽留的痛苦。日子一天天过去，自己的青春也日渐消逝，又拿什么令丈夫回心转意呢？内心油然升起无限寂寥、感伤、无奈之情来，只好"泪眼问花"，然而"花不语"，只能看到"乱红飞过秋千去"，人有情而花无情，自己的悲苦根本无人理解倾听。

清人王又华在《古今词论》中引毛先舒语，评价此词："人愈伤心，花愈恼人，语愈浅而意愈人，又绝无刻画费力之迹，谓非层深而浑成耶？然作者初非措意，直如化工生物，笋未出而苞节已具，非寸寸为之也。"陈廷焯更盛赞此词："试想千古有情人读至结处，无不泪下。绝世至文。"细细品读，含蓄蕴藉，婉曲幽深，耐人寻味，无愧盛评。

春 兴

［唐］武元衡

杨柳阴阴细雨晴①，残花落尽见流莺②。
春风一夜吹乡梦③，又逐春风到洛城④。

【注释】

① 阴阴：形容杨柳枝叶繁茂，绿盖如阴。。

② 流莺：黄莺。流，鸣声婉转。

③ 乡梦：美梦。

④ 洛城：洛阳别称，诗人家乡在洛阳附近。

【鉴赏】

武元衡（758—815），字伯苍，缑氏（今河南偃师）人，武则天曾侄孙，他以状元入仕，曾两度拜相。他是一位手腕强硬，有着"铁血宰相"之称的优秀政治家，同时也是一位出色的诗人和文学家，著有《临淮集》十卷，《全唐诗》收入其诗一百九十一首。

春兴，即春游的兴致。这首诗具体创作时间不详，依据诗意可以推断，这是诗人伤春之作，他看到春天即将过去，因此触发了悠悠乡思，笔法清绮明丽，雅致天成。这首诗短短二十八个字，集风景、梦境、乡愁于一身。清代学者黄叔灿《唐诗笺注》言此诗："旅情黯黯，春梦栩栩，笔致入妙。"

诗歌的首句选择了春日常见的事物"杨柳""春雨"点题，但这里的重点在最后一个"晴"字，微雨初歇，晴空乍现，这样才更能勾起人们由衷的喜悦，所以这个"晴"才是诗人真正的"兴"。"残花落尽见流莺"是雨后风景：落花满地，只见黄莺在枝头婉转歌唱。"细雨"应该不至于导致"残花落尽"这样的景象，所以通过这句可知，此时已经是晚春了。而黄莺的啼鸣，在不经意间触动了诗人的内心，触景生情，悠悠乡思便这样不可抑止地产生了。

　　"春风一夜吹乡梦，又逐春风到洛城"二句由景致写到梦境。诗人想象着春风仿佛知道了我的乡思，非常善解人意地在我的梦中轻抚而过，殷勤地将我的思念送到遥远的故乡。人有情故而风也含情，因为春风这个善良的使者的加入，缥缈的乡梦化作实体，乘风飞翔去到了思念的故乡。"吹梦"应该是化用了南朝乐府名篇《西洲曲》中的名句"南风知我意，吹梦到西洲"。这首诗还有另外一个版本，区别之处就在于这最后一句：一是"又逐春风到洛城"，一是"梦逐春风到洛城"。"梦逐"的写法，与前一句"吹香梦"形成顶针句式，使诗意环环相扣，趣味生动；而"又逐"则写出了情感的连续性，这梦不是此时此刻突如其来的情感迸发，而是长久以来缠绕在诗人心头，流连不去的哀愁。

　　宋人更愿意以《春兴》为题写诗，像陆游、杨万里、陈师道、王炎等人皆有不少同题诗作。陆游"领略琴书意，扫空车马尘。东阡与南陌，随处梦残春"将豁达的心声融入晚春遗梦；杨万里笔下"著尽工夫是化工，不关春雨更春风。已拼腻粉涂双蝶，更费雌黄滴一蜂"，风飞蝶舞，烂漫春情伴随着生命的灵动；陈师道"东风作恶不成寒，野水穿沙自作滩。细草无端留客卧，繁枝有意待人看"，自在豁达，随遇而安。同题诗，题同意不同，一样的春日风物，不一样的人生况味，这也是走进诗歌的别样角度。

白雪歌送武判官归京

［唐］岑 参

北风卷地白草折，胡天八月即飞雪。

忽如一夜春风来，千树万树梨花开。

散入珠帘湿罗幕①，狐裘不暖锦衾薄。

将军角弓不得控②，都护铁衣冷难着③。

瀚海阑干百丈冰④，愁云惨淡万里凝。

中军置酒饮归客⑤，胡琴琵琶与羌笛。

纷纷暮雪下辕门⑥，风掣红旗冻不翻。

轮台东门送君去⑦，去时雪满天山路。

山回路转不见君，雪上空留马行处。

【注释】

① 罗幕：用丝织品做成的帐幕。

② 角弓：两端用兽角装饰的硬弓，一作"雕弓"。

③ 都护：镇守边镇的长官，此为泛指。

④ 瀚海：沙漠。阑干：纵横交错的样子。

⑤ 中军：主将或指挥部。古时分部队为中、左、右三军，中军为主帅的营帐。

⑥ 辕门：军营的门。古代军队扎营，用车环围，出入处以两车车辕相向竖立，状如门，故称。

⑦ 轮台：古地名，汉唐皆有。唐轮台在今新疆维吾尔自治区境内。

【鉴赏】

　　岑参于唐玄宗天宝七载（748 年）至唐肃宗至德二年（757 年），先后两次出塞。天宝十三载，岑参第二次出塞，出任安西北庭节度使封常清的判官，即诗题中武判官的继任。诗人在轮台送他归京并写下了这首诗。岑参在这首诗中，描绘了西北边塞的壮美景色和边塞军营送别的热烈场面。

　　风雪交加、苦寒荒凉是边塞给人的典型印象，这首诗就以"雪"为主题和叙事线索，记叙了军营送别的场景。

　　诗歌的前四句描写一夜风雪过后，所见的奇丽景象。北部边塞的冬天是如此漫长，本该还是秋天的八月，飞雪却说来就来，一夜之间北风呼啸、白草摧折，枝头的积雪，仿佛是一夜盛开的梨花，天地之间素白一片，焕然一新。

接下来的四句，诗人的视线随着飘散的雪花移动到军帐之中。飞雪随着人的移动进入到帐中，穿过珠帘打湿了军帐，同时也带进来无尽的寒意。狐裘、锦衾，足见人物身份不凡；兵器和铠甲则是这些军营日常的事物，通过不同身份人物的意象，展现了边地的寒冷。

"瀚海阑干百丈冰，愁云惨淡万里凝"两句照应开头的雪景，从宏观的角度借景抒情。送别总是缠绕着悲伤的，所以这雪景也不都是如"梨花开放"的浪漫，而是寒冰百丈，愁云万里的黯淡和伤感。这两句是全诗的过渡，反衬出下文的宴饮送别。

"中军置酒饮归客，胡琴琵琶与羌笛"，为了给即将回京的"战友"送行，主帅摆开筵席，且歌且舞，开怀畅饮。这场充满了异域风情的宴会，恐怕已经是边塞艰苦生活中最高级的娱乐，回京的人也许不会再回来，但这种别样的经历终将停留在故人的记忆之中。

最后六句记叙送别友人的场面。"纷纷暮雪下辕门，风掣红旗冻不翻"，天下没有不散的宴席，即将踏上归途的友人在暮色中迎着纷飞的大雪走出营帐，抬头望去，红色军旗虽然已被冻结在半空中，但艳丽依旧。旗帜是边关将士的象征，寒风中军旗不倒，威武不屈的军魂不灭。最后四句是诗人对自己的记叙：我们在轮台东门看着武判官一行渐渐远去，临行时茫茫白雪布满天山的山路，没过多久人就不见了踪影，只留下一行马蹄的印记，证明这儿刚刚有人走过。诗人用最平淡质朴的语言，表达了将士们对战友的真挚感情。

岑参一生命运坎坷，但在他的诗歌中，我们始终能看到一种对理想的不灭热情，和对事业的积极追求，他既是书生也是战士，用人生践行着理想，用文字记录着壮志豪情。

江 城 子

[宋] 秦 观

清明天气醉游郎①。莺儿狂②，燕儿狂，翠盖红缨③，道上往来忙。记得相逢垂柳下，雕玉珮，缕金裳。

春光还是旧春光。桃花香，李花香，浅白深红，一一斗新妆。惆怅惜花人不见，歌一阕，泪千行。

【注释】

① 清明：清澈明朗。游郎：指外出游玩的贵族少年。

② 狂：毫无拘束。

③ 翠盖：装饰有翠羽的车盖，泛指华美的车辆。红缨：帽子上的带子，多用红色的丝线。

【鉴赏】

秦观（1049—1100），字少游，高邮（今江苏高邮）人。他文学造诣极深，在诗赋策论等各个方面均有建树，曾入国史馆编修国史，是"苏门四学士"之一；于词作上更为世人所熟知，被明人张綖推为婉约派的代表作家。秦观一生仕途坎坷，所写诗词常常寄托身世感慨，情感深致，且"体制淡雅，气骨不衰，清丽中不断意脉，咀嚼无滓，久而知味"（张炎《词源》）。这首词具体创作时间不详，词中描写了清明时节人们踏春游玩的热闹场景，同时惜春怀人，传达了诗人深深的伤感和痛苦。

春天美好的景致总是容易激发文人的创作热情，这首词上阕的前五句记叙清明时节人们踏春赏游的欢乐情景。晴朗的天气陶醉了这些外出游玩的少年们。黄鹂和燕子在空中欢快地飞舞，宽敞的大道上车来车往，行人如织。"莺儿狂，燕儿狂"客观显示出天气晴好，"翠盖红缨"极力地渲染游人繁多，踏春的气氛热烈。词人趁此让有情人自然出场。"记得相逢垂柳下，雕玉珮，缕金裳。"词人回忆起二人初次见面的场景：你我相逢在柳荫之下，你戴着精雕细刻的玉佩，穿着镂金刺绣的衣裳，美丽的身影深深地烙印在我的心中。

下阕开端，词人从回忆中醒来，现实中"春光还是旧春光"，昔年二人相遇时的一切风景仿佛都没有变化。"桃花香，李花香，浅白深红，一一斗新妆。"桃李飘香，浅白深红、争奇斗艳，自然界的一切还是老样子，没有改变，唯一不同就是人事。崔护那首著名的《题都城南庄》，"去年今日此门中，人面桃花相映红。人面不知何处去，桃花依旧笑春风"，所描写的情景和此处词句如出一辙。最后三句"惆怅惜花人不见，歌一阕，泪千行"使全词的氛围基调急转直下。物是人非，对我而言那个爱花惜花的人已经再也见不到了，悲从中来，唯有长歌一曲，和着苦泪千行。这才是词人写作的最终意义，为了悼亡逝者，宣泄悲伤。

处在仲春、暮春之交的清明节，是一个关于生命的节日。这一天，人们不仅要扫墓、祭奠祖先，还可以到田野踏青、登山游玩。桃红李白点缀在青山绿水之间，春风吹过，落英缤纷，在这如仙灵幻境的花海中，曾有一位佳人久久伫立，也许她曾在这里遇见心仪的爱人，在烂漫的桃林中许下一生的诺言，然而如今一切皆成过往的记忆。

【恋】

载瞻星辰，载歌幽人。
流水今日，明月前身。

渔家傲

[宋] 朱 服

小雨纤纤风细细①，万家杨柳青烟里。
恋树湿花飞不起，愁无比，和春付与西
流水②。
九十光阴能有几③？金龟解尽留无计④。
寄语东城沽酒市⑤，拚一醉，而今乐事
他年泪。

【注释】

① 纤纤：细小，细微，多形容微雨。

② 和春：连带着春天。

③ 九十：指春光三个月共九十天。

④ 金龟：唐时三品以上的官员佩金龟。唐代诗人贺知章金龟换酒以酬李白的文坛佳话。

⑤ 东城：一作东阳，今浙江金华，宋属婺州东阳郡。

【鉴赏】

　　朱服（1048— ？），字行中，湖州乌程（今浙江吴兴）人。他于宋神宗熙宁六年（1073年）进士及第。《全宋词》存这一首《渔家傲》。《乌程旧志》记载，朱服因与苏轼亲近而受牵连，被贬谪海州（今江苏连云港），途经东郡（今河南境内）时，作了这首词。原题为"春词"，借惜春伤春以抒怀。

　　词的上阕写春景，细雨、微风、杨柳、花朵，这些典型的春日景色在词人笔下仿佛被赋予了生命一般，鲜活而灵动。"小雨纤纤风细细，万家杨柳青烟里"，是写暮春时节，微风细雨，杨柳葱茏，万家屋舍掩映在树木的青烟绿雾之中。"恋树湿花飞不起，愁无比，和春付与西流水"三句，不说枝头花朵被雨水淋湿，却将花拟人，说淋湿的花瓣贴在树枝上不愿离开。落花尚且有情，不忍辞树，留恋芳时，那么人的心情更可想而知了。春愁既难排遣，词人便索性将它同春天一道付与东流的逝水。

下阕寄情，抒发浮生若梦，及时行乐的感慨。首先发出叹问："九十光阴能有几？"一个春季，短短九十天的光阴又能够停留多久呢？时光流逝是任何人都不能改变的客观现实。"金龟"句，引用了唐代诗人贺知章"金龟换酒"的典故。唐玄宗天宝三载（744 年），贺知章告老还乡，不到一年便仙逝而去。李白十分悲痛，提笔写下了《对酒忆贺监二首》，诗中有"金龟换酒处，却忆泪沾巾"之句，同时他在诗序中也讲述了"太子宾客贺公（贺知章），于长安紫极宫一见余，呼余为'谪仙人'，因解金龟换酒为乐"的故事。金龟是官员的重要信物，兴致所至，贺知章竟然可以不顾身份约束，只为和知心朋友痛快畅饮，这份狂放豪情，李白深深折服。贺知章与李白是年龄相差四十余岁的忘年之交，他对晚辈后学的欣赏和鼓励是李白一生难忘的记忆，而二人之间的友谊更是盛唐文坛的佳话。朱服和苏轼也是相差十一岁的忘年交，论及文坛地位，苏轼也远在朱服之上。此处典故，一方面因酒典写酒事，另一方面也是词人将自己同苏轼的情谊与贺李二人相比附，申明自己的立场。更引出下文"寄语东城沽酒市，拚一醉，而今乐事他年泪"，这几句并不是对前文问句的回答，而是借"金龟换酒"的故事，暗喻春光易逝，与其独自伤感，不如趁机把酒邀约友人，尽情享受这短暂的美好时光，也告诉那东阳城里卖酒人，而今只求拼个一醉方休，哪怕今日乐事成为他年的伤心泪。

《宋史·朱服传》记载，朱服入仕后曾"以直龙图阁知润州，徙泉、婺、宁、庐、寿五州"，"当元祐时，未尝一日在朝廷"，母逝居丧，"湖州守马城言其居丧疏几筵而独处它室，谪知莱州"，徽宗即位后又贬谪庐州、广州、袁州等地，甚至一度充作兴国军卒。朱服终其一生，几乎不是被贬谪，就是在去贬谪地的路上，仕途之坎坷，简直难以卒说。和所有失意之人一样，他的青春和梦想也同这短暂的春光一般难以挽留，于是词人选择了纵酒寻欢，及时行乐来排遣心中的失落。他与苏轼交好，"读其词，想见其人不愧为苏轼党也"（《乌程旧志》）。

夜 游 宫

[宋]周邦彦

叶下斜阳照水①。卷轻浪、沉沉千里②。
桥上酸风射眸子③。立多时，看黄昏，
灯火市。
古屋寒窗底。听几片、井桐飞坠。不恋
单衾再三起④。有谁知，为萧娘⑤，书
一纸。

【注释】

① 叶下：叶落。

② 沉沉：形容流水不断的样子。

③ 酸风射眸子：指冷风刺眼使人鼻酸。酸风，指刺人的寒风。

④ 单衾：薄被。

⑤ 萧娘：唐代对女子的泛称。此指词人的情侣。唐杨巨源《崔娘诗》："风流才子多春思，肠断萧娘一纸书。"

【鉴赏】

周邦彦（1057—1121），字美成，号清真居士，钱塘（今浙江杭州）人。他精通音律，曾创作不少新词调。宋徽宗赵佶时，被提举大晟府（当时最高的音乐机关），专门负责谱制词曲，以供奉朝廷。其作品格律谨严，语言曲丽精雅。有一些野史杂记记叙了周邦彦和南宋名妓李师师之间的风流韵事。"道君（徽宗）幸李师师家，偶周邦彦先在焉，知道君至，遂匿床下。道君自携新橙一颗，云江南初进来，遂与师师谑语，邦彦悉闻之，隐括成《少年游》云。"（张端义《贵耳集》）这首词的具体创作背景不详，是一首即景抒情之作，抒写了词人收到情人书信后的沉痛情绪，不知是否也与李师师有关？

这首词采用了一种罕见的悬念式写法。开篇两句"叶下斜阳照水，卷轻浪、沉沉千里"，记叙词人眼中情景，并点明了事情发生时间。夕阳余晖透过树叶，斑驳的阳光轻洒在水面上，江水翻卷着细浪缓缓而去。"桥上酸风射眸子。立多时，看黄昏，灯火市"，指出词人所在的地点：原来此时他正伫立在桥上，凭栏远眺，寒风刺眼，他伫立已久，眼看着黄昏将尽，街市上亮起了星星点点的灯火。"酸风"语出自唐代诗人李贺的《金铜仙人辞汉歌》"魏官牵车指千里，东关酸风射眸子"句，本义指刺人鼻酸落泪的寒风，这里直用李贺原诗诗句入词，描写了词人悲伤难忍，心酸难受的状态。词写至此处，主人公虽已出场，但只写到了他独自在寒风中出神伫立，目光却没有明确的焦点，不知他究竟在想些什么？只是在"酸风射眸子""立多时"这样的只言片语中，能感受到一股悲伤之意。

词作下阕，词人回到屋中，笔触转而叙写室内情景。"古屋寒窗底。听几片、井桐飞坠。不恋单衾再三起"，夜深人静，他独卧在陈旧的小屋之中，在寒窗下，不时听到井边几片梧桐叶飘落在地的声响。几次三番地起床又躺下，就是睡不安稳。词人为何久立寒风？为何彻夜难眠？这层层疑问，终于有了答案。"有谁知，为萧娘，书一纸"，原来他一直心神不宁的原因，全都是因为她的一纸书信。"萧娘"一词早见于《南史·梁临川靖惠王宏传》："（萧）宏受诏侵魏，军次洛口，前军克梁城。宏闻魏援近，畏懦不敢进。魏人知其不武，遗以巾帼。北军歌曰：'不畏萧娘与吕姥，但慑合肥有韦武。'"这里的"萧娘"意思是姓萧的女子，讥讽萧宏性格怯懦像女子一般。后人则以"萧娘"作为女子的泛称。

南朝以后的文学作品中，人们常常把被男子所恋的女子称为萧娘，而将女子思慕的男子称为萧郎（一说指萧史，一说指梁武帝萧衍）。恰逢日薄西山，便觉愁思难耐，是因思念萦心；久立寒风，浑然忘我，是因爱慕情深；夜不成眠，辗转反侧，是为相思所困。词人将情感融入每一次时空推移、景物变换之中，层层深入，让这孤寂与思慕之苦，更显刻骨铭心。

别诗·其四

［东汉］佚 名

烛烛晨明月，馥馥秋兰芳。

芬馨良夜发，随风闻我堂①。

征夫怀远路，游子恋故乡。

寒冬十二月，晨起践严霜。

俯观江汉流②，仰视浮云翔。

良友远别离，各在天一方。

山海隔中州③，相去悠且长。

嘉会难再遇，欢乐殊未央④。

愿君崇令德⑤，随时爱景光⑥。

【注释】

① 闻我堂：在我的堂屋中都能闻到。

② 江汉：长江和汉水。指友人将要去的地方。

③ 山海：犹言万水千山，意谓路途遥远。

④ 未央：没有穷尽。

⑤ 令德：美好高尚的德行。

⑥ 景光：犹光景，光阴。

【鉴赏】

　　先秦两汉的传世诗文，往往因时间过于久远，又缺乏可靠的文献记录，而变得十分复杂，难以确考。关于这首诗的创作年代和作者等问题，学界也一直没有定论。《昭明文选》将其记在苏武名下，又因其个别诗句与传世的李陵诗颇有相似之处，故也有学者认为此诗是汉代李陵的作品。逯钦立先生辑校《先秦汉魏晋南北朝诗》，对这首诗采取了"存之"的态度，既不认为是苏武或李陵的作品，也不认为它们是"六朝拟作"，而是把这些作品均归入东汉卷中。在此遵从逯钦立先生的意见。这首诗记叙了诗人从中州（河南）送朋友南下的故事，表达了诗人与朋友之间难分难舍的真挚情谊。

这是一首送别友人的诗，两个同在驿站的朋友，一个要回乡，一个往北行。起头四句写将送别时的光景：凌晨时分，月亮犹在天边散发着皎洁明亮的光芒，秋草的芳香在月光皎洁的夜里变得更加浓郁，随风弥散在整个房间里。这是一个美好的时刻，为下文叙写送别情景做了恰当的环境渲染。接下来诗人直接点明了送别之意："征夫怀远路，游子恋故乡。"

下面"寒冬"四句预想游子晨起远行及其途中所见。寒冬腊月，新年将至，在外的游子却因各自的行程而奔走在路上。在太阳还没完全升起时上路，脚下是冰冷的寒霜，低下头看到奔流的江水，抬起头薄云片片飘浮在天边。天气的恶劣更凸显了旅程的艰苦和孤独。

"良友远别离"直到最后的八句诗，是诗人对友人的临行寄语：朋友啊，我们就此别离，今后各在天涯相去遥远。我们将要去一南一北两个完全相反的方向，道阻且长，像这样的相聚恐怕再难实现，就让我们珍惜眼下的快乐时光，不要停歇。也祝愿你能够永远保持这美好的心性，珍惜光阴，珍重自己。

古人诗作中的送别常在春秋两季，伤春之逝，悲秋之寒，而冬日送别的诗作则尤为特别。像高适的《别董大》"千里黄云白日曛，北风吹雁雪纷纷。莫愁前路无知己，天下谁人不识君"就是冬季送别的佳作。此《别诗》是在旅途之中相遇又分手离别的诗歌，语言质朴，情感真挚。也许是因为彼此都知道这一别可能就是永别，越是美好的场景和祝福，就越觉感伤和心酸。

朝中措

［宋］张 炎

清明时节雨声哗，潮拥渡头沙①。翻被
梨花冷看②，人生苦恋天涯③。
燕帘莺户，云窗雾阁④，酒醒啼鸦。折
得一枝杨柳⑤，归来插向谁家。

【鉴赏】

　　张炎（1248—1320），字叔夏，临安（今浙江杭州）人，南宋著名词人，词
评家。张炎出身贵族之家，前半生富贵无忧。宋恭帝德佑二年（1276 年）元兵
攻破临安，南宋覆灭，张炎祖父被元军杀害，家财被抄没。此后，他家道中落，
贫困难以自给，落魄而终。江山易主，国破家亡，委屈苟活，词人只能将无限悲
愤诉诸笔端。这首词即作于南宋灭亡以后，抒发了词人漂泊沦落的悲苦之情。

　　词的首句写春雨，不过这场雨不同于春景词中常见的绵绵细雨，而是一场哗
哗大雨，雨声响成一片，见到江边水急，浪潮翻涌，江水上涨淹没了渡口的沙
滩。词人冒雨寻春，却被大雨所困，心中五味陈杂。"翻被梨花冷看，人生苦恋
天涯"，本应是闲人看花，为何词人却被梨花"冷看"？也许是连它们也在责怪
"我"不思故土，却对他乡的山水花木痴情苦恋。这是一句反语，借梨花之口说
出怨愤之情——明明思乡却归不得乡，无限辛酸和怨恨，尽在这无言之中。大雨
不知何时才能停止，与其在街边被梨花"冷看"，还是去找个可以避雨寻欢的地

方吧。

词人究竟去了哪里？接下来语意一转给出了答案。他没有回到暂时居处，没有去哪个友人家中，甚至不是茶楼酒肆，而是"燕帘莺户，云窗雾阁，酒醒啼鸦"之地。莺啼燕舞的珠帘绣户，云裳雾鬓的琐窗朱阁，这样香艳旖旎的环境自然是教坊妓馆。词人雨中寻景不成，徒增烦恼，于是找到个恣意买醉寻欢的地方，想要在轻歌曼舞中麻痹自己，一醉解千愁。"折得一枝杨柳"二句，记叙词人酒醒后的情景。"折柳"在此处不是送别，而是一种旧时习俗。北魏贾思勰所著《齐民要术》中记载，当时人们相信"取柳枝著户上，百鬼不入家"。受宗教信仰影响，古人认为柳树是可以驱鬼的植物，因此称之为"鬼怖木"，道教的太乙救苦天尊和佛教的观世音菩萨等形象都以柳枝沾水济度众生，可见一二。

清明、七月半和十月朔为旧俗"三大鬼节"，道士们在这一天会斫伐柳树的树枝，祭炼成佩戴的柳簪。而在民间，清明节时家家户户都要在门上插一条柳枝以祛邪避凶。词人在秦楼楚馆买一场泥醉，酒醒后终归要回到现实，他在无奈归去的途中，随手折了一枝杨柳，直到行至住所时才恍然意识到，自己此时也不过是羁旅天涯的浪客，哪里还有自己的家门呢？这里的"家"已不是单纯意义上的住所，而是家园，是家国，是江山易主，国破家亡后的无限苦痛和悲伤。

这首词写清明思乡，着笔别具匠心，不写细腻的春愁春情，反而写骤雨落花、青楼买醉。寻常离家，尚有归家的可能，而国破家亡，家就再也回不去了。此时，词人流浪漂泊在异乡的不只是身体，更是心灵，是从心底蔓延开来的深深绝望。

荔 枝

［唐］郑 谷

平昔谁相爱①，骊山遇贵妃②。

枉教生处远③，愁见摘来稀。

晚夺红霞色，晴欺瘴日威④。

南荒何所恋⑤，为尔即忘归。

【注释】

① 平昔：往常。

② 骊山：位于陕西省临潼区城南，山上有华清池。

③ 枉教：敬辞，屈尊赐教。

④ 欺：压倒。

⑤ 南荒：南方荒凉遥远的地方，此处指岭南地区。

【鉴赏】

　　古人相信万物有灵，自然界中的一切，从山川河岳到花鸟鱼虫，都可以进入诗人的视野，成为描摹歌咏的对象。咏物诗是古典诗歌中一个重要类别，它一般以抒情为主，托物言志，借歌咏事物彰显自己的生活情趣，寄寓自己的人生理想，表达自己的人生态度，阐述自己感悟的生活哲理等等。郑谷的诗前文我们已经选过一首《淮上与友人别》，他的诗讲究炼字炼句，却并不十分晦涩艰深，内容上大多是咏物和表现士大夫的闲情逸致。这首《荔枝》就是郑谷咏物诗的典型代表。

　　这首诗的开篇四句就引用了杨贵妃的故事。先用拟人的手法设问：谁是最爱荔枝的那个人？答案就是美人杨贵妃。可惜荔枝生长在距离长安路途极其遥远的岭南，保存不易，运输不便，故而十分难得。这四句点明了荔枝的珍贵。在火热的外表下，荔枝有着一个冰清玉洁的身躯，晶莹剔透，白得可以透射过去。五、六句"晚夺红霞色，晴欺瘴日威"，极力赞美荔枝的样子：红色的果壳堪比晚霞一般艳丽，白色的果肉炫目生辉更胜日光。在诗人的心目中，荔枝已经是可与晚霞、太阳争辉的宝物。"瘴"也暗示了荔枝生长之地的自然环境恶劣，因而也引出最后两句"南荒何所恋，为尔即忘归"。意思是说，岭南偏僻荒凉，本来没有什么值得留恋的，不过为了你（荔枝）却可以长久驻留，流连忘返了。荔枝的原产地在唐时均属极远边地，对于久居中原之人而言，那里气候恶劣，瘴疠严重，郑谷的这两句诗其实也是一种自慰，边地虽荒僻，荔枝慰余生。

荔枝在今天是大众喜爱的一种水果，但由于它的产地偏远，在唐代并不是一种普遍易得的东西。它从一种边地风物走入大众视野，与杨贵妃有直接关系。唐玄宗对杨贵妃"三千宠爱在一身"，不惜耗费大量人力物力导演出"一骑红尘妃子笑，无人知是荔枝来"（杜牧《过华清宫》）的闹剧，让他和"酒池肉林""烽火戏诸侯"一样成为历代文人讽咏的范本。奢靡的宫闱故事，并没有影响人们对于荔枝的喜爱，在历代诗人的笔下，荔枝始终是备受宠爱的写作对象。白居易早年有"香连翠叶真堪画，红透青笼实可怜。闻道万州方欲种，愁君得吃是何年"（《重寄荔枝与杨使君时闻杨使君欲种植故有落句之戏》），即使人到暮年，白居易也还惦记着"十年结子知谁在，自向庭中种荔枝"（《种荔枝》）。美食家诗人苏轼的《食荔枝》中写他愿意"日啖荔枝三百颗，不辞长作岭南人"，黄庭坚则恨不得"准拟阶前摘荔枝，今年歇尽去年枝"（《定风波》）。郑谷此作虽不及苏白闻名，但胜在文辞可爱，情感舒达。

陵阳春日寄汝洛旧游

[唐] 许 浑

百年身世似飘蓬^①，泽国移家叠嶂中。
万里绿波鱼恋钓，九重青汉鹤愁笼^②。
西池水冷春岩雪^③，南浦花香晓树风^④。
纵倒芳尊心不醉^⑤，故人多在洛城东。

【注释】

① 飘蓬：随风飘荡的飞蓬，比喻漂泊的人。
② 青汉：天汉，高空。
③ 西池：古池名，位于今江西省抚州市西门口一带。
④ 南浦：古县名，今重庆市万州区，蜀汉建兴八年（230年）始置。此处当指代送别之地。屈原《九歌·河伯》："子交手兮东行，送美人兮南浦。"
⑤ 芳尊：精致的酒器，借指美酒。

【鉴赏】

　　许浑（791—858），字用晦，润州丹阳（今江苏丹阳）人，晚唐最具影响力的诗人之一。他晚年回到润州丁卯桥村舍闲居，自编诗集，名为《丁卯集》。许浑现存诗五百首左右，以五、七言律诗居多，圆稳工整，属对精切。但他的诗歌有比较明显的追寻旷逸闲适、逃避社会的思想倾向，这首《陵阳春日寄汝洛旧游》亦属此类。

　　首联"百年身世似飘蓬，泽国移家叠嶂中"，说自己年近半百，却身世飘零，好像随风飘飞的蓬草一样，无依无靠，刚刚离开南方泽湖众多、气候潮湿的地方，又要到层峦叠嶂的山城中去了。许浑自入仕先入南海（今岭南地区）幕府，任当涂（今属安徽马鞍山）、太平（今安徽黄山）令、润州（今江苏镇江）司马、睦（今浙江淳安）郢（今属湖北）二州刺史等职，官职低微且时间均不长久，故而诗人才会自叹身世凄凉，隐隐地表达了一种漂泊无依的伤感。

　　颔联"万里绿波鱼恋钓，九重青汉鹤愁笼"，既是实写风景，也是虚作比兴。

江河广阔，碧波万里，鱼儿还是依恋着钓竿周围的一小方天地；天空高远，凌霄九重，鹤鸟却愁困于囚笼之中。"鱼"和"鹤"都是诗人的自比，感慨自受制于官场，不得自由。

颈联"西池水冷春岩雪，南浦花香晓树风"，说此时西池的水还是冰冰凉凉的，山岩上的雪还未消融；但是南浦的花已经开了，香气四溢，晓风拂过树梢，一片春意盎然。诗人回忆自己停留过的地方的春景，然而同是春天，天南地北的风景却千差万别，漂泊之感更甚。

尾联"纵倒芳尊心不醉，故人多在洛城东"，诗人心中有太多抑郁的情绪，于是想要借酒浇愁，排遣忧愁，结果所有的酒都喝光了，心却依然醒着不肯醉去，只因朋友们大多不在身边，一个人独饮又能有什么乐趣呢！

南宋佚名著《桐江诗话》中有语："许浑集中佳句甚多，然多用'水'字，故国初人士云'许浑千首湿'是也。"这个"湿"字是因为"水"是许浑诗歌中最为常见的物象。写风雨，则"溪云初起日沉阁，山雨欲来风满楼"（《咸阳城东楼》）；写江河，则"楚水西来天际流，感时伤别思悠悠"（《郊园秋日寄洛中友人》）；写人事，则"骚人吟罢起乡愁，暗觉年华似水流"（《竹林寺别友人》）。许浑的作品中律诗写得最好，后人常常把他与诗圣杜甫齐名，有"许浑千首湿，杜甫一生愁"的评语。韦庄更作诗盛赞其曰："江南才子许浑诗，字字清新句句奇。十斛明珠量不尽，惠休虚作碧云词。"（《题许浑诗卷》）

西湖留别

［唐］白居易

征途行色惨风烟，祖帐离声咽管弦①。
翠黛不须留五马②，皇恩只许住三年。
绿藤阴下铺歌席③，红藕花中泊妓船④。
处处回头尽堪恋，就中难别是湖边。

【注释】

① 祖帐：古时送人远行在郊外路旁为饯别而设的帷帐，此指送行的酒席。
② 翠黛：古时女子用螺黛画眉，故称。此处代指歌女。五马：汉时太守乘坐的车用五匹马驾辕，借指太守的车驾，后用作太守的代称。
③ 歌席：歌舞欢笑的宴席。
④ 红藕：红莲的别称。

【鉴赏】

唐穆宗长庆二年（822年），白居易因上书论河北军事不被采用，自请到外地任职，当年七月被任命为杭州刺史。在短短不到三年时间里，他为杭州的发展做出了卓越的贡献。他疏浚六井，解决杭州人饮水问题，又见西湖淤塞，农田干旱，因此修堤蓄积湖水，以利灌溉，缓解旱灾所造成的危害。白居易任杭州刺史三年，对西湖充满了感情，写下了许多关于西湖的诗作。这首诗就是写在他将要离开杭州回赴洛阳时。诗歌题为《西湖留别》，却并没有着意写景，而是把重点放在了"留别"二字，诗中记叙诗人临行前众人为其设宴送别的场面，表达他对西湖、对杭州的留恋之情。

既言"留别"，诗的前三联都是记叙送别场景。首联"征途行色惨风烟，祖帐离声咽管弦"便是设想旅程的辛苦，记叙送别宴席上奏乐的场景。前方的旅程注定行色匆匆、风尘仆仆、惨淡辛苦，此刻送行的宴席上奏响了呜呜咽咽的离别乐歌。

颔联"翠黛不须留五马，皇恩只许住三年"二句，诗人对宴席上送行的美人说，你们不要再挽留我啦，皇恩难违，我在这里只能停留三年，现在是该离开的时候了。白居易这次离开其实是去到东都洛阳任太子左庶子，并不是贬官，但由于他对杭州的眷恋，所以他在言辞中尽显无奈之意。

颈联"绿藤阴下铺歌席，红藕花中泊妓船"，描写送别的地点和环境。唐朝时官员家中多蓄养家妓，在宴饮作乐多有歌妓陪伴，与歌妓往来在当时也是文人雅事，白居易也不例外。这场送别宴就安排在西湖边上，人们在湖边柳荫下设下宴席，歌妓在不远处红莲花围绕的妓船上表演陪伴。这一切都是诗人由衷喜欢的乐事，可惜却不得不离开了。

最后两句"处处回头尽堪恋，就中难别是湖边"，天下没有不散的宴席，歌尽酒酣，诗人踏上旅程仍然忍不住一再回头张望，杭州的每一个角落都有着美好的回忆，其中最让人挂心的还是这西湖岸边。

白居易在杭州任上仅仅三年，但却写下不少赞美西湖胜景的诗词，像《钱塘湖春行》《答客问杭州》《西湖晚归回望孤山寺赠诸客》等。其中最著名的如《忆江南》三首，字里行间都写满了对杭州的喜爱和眷恋。短短三年的时间，虽是仕途中的挫折，却成就了白居易人生中的一段美好时光。他在杭州过得很是逍遥自在，所以才在不得不离开时流露出浓浓的不舍之情。

【归】

匪神之灵，匪几之微。
如将白云，清风与归。

使至塞上

[唐] 王 维

单车欲问边^①，属国过居延^②。

征蓬出汉塞^③，归雁入胡天。

大漠孤烟直，长河落日圆。

萧关逢候骑^④，都护在燕然^⑤。

【注释】

① 单车：形容轻车简从。

② 属国：边地附属小国，此处代指出使边塞的使节。居延：古地名，在今内蒙古额济纳旗北境。

③ 征蓬：随风飘飞的蓬草。

④ 萧关：古关名，又名陇山关，故址在今宁夏固原东南。候骑：负责侦察、通讯的骑兵。

⑤ 都护：官名，唐时设边疆都护府，为最高统率。燕然：山名，今蒙古人民共和国境内的杭爱山。

【鉴赏】

王维（699 或 701—761），字摩诘，河东蒲州（今山西运城永济县）人。唐玄宗开元二十四年（736 年）吐蕃发兵攻打唐属国小勃律，次年春，河西节度副大使崔希逸在青涤西大破吐蕃军。是年，王维被任命为监察御史，奉唐玄宗之命出巡凉州，宣慰边防将士，察访军情。这首诗即作于此次出塞途中。诗中描绘了塞外奇特壮丽的风光，表达了诗人对不畏艰苦、以身许国的守边战士的憧憬，赞美了他们高尚的爱国精神。

首联单刀直入，直接说明出塞的行程。因为诗人的工作只是出使塞上，慰问边关将士，不需要大量的随从，因而轻车简行，单车前往到西北边塞。

颔联中有两个典型意象——"飞蓬""鸿雁"。飞蓬常常用来比喻漂流在外的游子，鸿雁常常引起游子思乡怀亲之情和羁旅伤感。诗人是一个身负朝廷使命的大臣，却用这样两个意象自比，说自己像随风飞舞的蓬草一样在塞外漂泊，像北飞的大雁一样在塞外天空中盘旋，表现出一种沉重的羁旅之愁。

颈联描绘诗人在塞外看到的景色，被王国维称之为"千古壮观"：浩瀚的沙漠中，烽火台的孤烟直上，无尽黄河蜿蜒流淌，浑圆的落日即将西沉。苏轼评说王维的诗是"诗中有画，画中有诗"，眼前这壮美的景观令初到塞外的诗人沉醉不已，冲淡了复杂的羁旅愁思，男儿豪情在心中渐渐升起。

最后两句诗人终于到达了边塞，却没有立刻见到当地驻军的将官。"萧关逢候骑，都护在燕然"，意思是说诗人路遇报信的侦察骑兵，得知是将军在前线作战，故而不在府中。将士们在前线为国征战的英勇形象，让诗人从心底流露出由衷的敬佩之意。

边塞诗以边疆地区汉族的军民生活和塞外风光为主要内容，它的起源可以直接追溯到上古时期，在唐代达到创作高峰。李唐王朝统治时期，与吐蕃、契丹和突厥等少数民族政权有着长期且频繁的军事冲突。历史记载中王维虽然只有短暂的出塞经历，但他的边塞诗依然独步文坛，有着山水画般的独特魅力。像"风劲角弓鸣，将军猎渭城。草枯鹰眼疾，雪尽马蹄轻"（《观猎》），"笳悲马嘶乱，争渡金河水。日暮沙漠陲，战声烟尘里"（《从军行》），"绝域阳关道，胡沙与塞尘。三春时有雁，万里少行人"（《送刘司直赴安西》），都是王维的"诗中有画，画中有诗"。王维最善写景，这首诗将这一长处发挥到了极致，塞外奇特壮丽的风光和边关将士保家卫国的英姿交融成一幅场面开阔、意境雄浑的不朽画卷。

新 年 作

[唐]刘长卿

乡心新岁切，天畔独潸然^①。
老至居人下^②，春归在客先。
岭猿同旦暮^③，江柳共风烟。
已似长沙傅^④，从今又几年。

【注释】

① 天畔：天边，指潘州南巴，即今广东茂名电白。潸然：流泪的样子。

② 居人下：处人之下，指诗人官职低微。

③ 岭：指五岭。诗人时贬潘州南巴，过此地。

④ 长沙傅：指贾谊。他曾受谗被贬为长沙王太傅。

【鉴赏】

　　刘长卿（？—约789），字文房，河南洛阳人。唐肃宗上元元年（760年）春，刘长卿被贬为潘州南巴（今广东电白）尉，次年秋天，他又奉命回到苏州接受"重推"，旅居江浙。这首诗当时作于刘长卿在潘州期间。在唐代，岭南地域都很荒凉，潘州一带的艰苦而可想而知，诗人蒙冤被贬至偏僻荒蛮的潘州，委屈之心不言而喻，于是作诗抒写心中离愁和失意之情。

　　首联"乡心新岁切，天畔独潸然"说诗人的思乡之心在新年来临之际变得更加迫切，但他却无计可施，只能独自在遥远的他乡潸然泪下。新年本是一个开心快乐的日子，诗人却表现出了极其痛苦悲伤的情绪，根本原因就在于"天畔"二字。从富饶的鱼米之乡苏州到荒凉贫瘠的岭南，与亲人相隔千里，宛如各在天涯。开篇便奠定全诗孤苦悲凄的情感基调。

　　颔联"老至居人下，春归在客先"解释了自己在新年夜"独潸然"的原因。刘长卿秉性耿直，因此得罪了自己的上司时任鄂州观察使的吴仲儒，随后就被诬告贪赃二十万贯，被贬到南巴，做了在小县城中掌管治安的小官。此时他已经年近半百，所以才会发出"老至居人下"的悲鸣，以至于在他的眼中自己连春天的脚步都跟不上，字字透出深深的痛苦。

颈联"岭猿同旦暮，江柳共风烟"，表面上是在描绘南巴的风景，实则诗人在新年之夜记述这些事物，是用无情的动植物和热闹的人情做对比，传达自己处境的孤寂凄凉。岭南是未开化之地，人烟稀少，环境原始，诗人只能整日与嘤嘤啼叫的猿猴为伴，远望江边蔓长的杨柳被风烟笼罩。异乡荒凉，无限心事根本无处诉说。

尾联诗人发出近乎绝望的悲叹："已似长沙傅，从今又几年？"西汉名臣贾谊曾经因为受小人谗言，而被流放为长沙太傅。诗人觉得自己和贾谊的遭遇非常相似，"同是天涯沦落人"。他也同样担心自己就此终老在异乡，不免生出"从今又几年"的忧虑。

杜审言的《除夜有怀》描写了唐时新年的繁华景象："故节当歌守，新年把烛迎。冬氛恋虬箭，春色候鸡鸣。兴尽闻壶覆，宵阑见斗横。还将万亿寿，更谒九重城。"然而这样热烈的歌咏在以"新年"为题的诗作中却并非主流。也许是哀伤的情绪更容易激发诗人的灵感，像唐人许棠的《新年呈友》"清晨窥古镜，旅貌近衰翁。处世闲难得，关身事半空"，在新年伊始感慨自己年华老去，世事无成；宋人刘克庄的《摸鱼儿》更在欢乐时节写"怅故国，百年陵阙谁回首"，"君试看，拔山扛鼎俱乌有。英雄骨朽"的悲怆。同样，在刘长卿的笔下，这欢庆新年、阖家团圆的日子里，诗人却困守荒凉原地，前途未卜。全诗字里行间都透露着浓浓的思乡之情，更隐含着悲苦不平的心酸意味。

夜雨寄北

［唐］李商隐

君问归期未有期①，巴山夜雨涨秋池②。
何当共剪西窗烛③，却话巴山夜雨时④。

【注释】

① 归期：回家的日期。

② 巴山：大巴山，在陕西南部和四川东北交界处。这里泛指巴蜀一带。

③ 何当：什么时候。剪烛：剪去燃焦的烛芯，使灯光明亮，这里形容深夜秉烛长谈。

④ 却话：回头说，追述。

【鉴赏】

提及晚唐大诗人李商隐，他的很多作品都和他深陷在党争之中的坎坷仕途经历有关。唐宣宗大中五年（851年）秋天，西川节度使的柳仲郢向李商隐发出邀请，希望他能到自己麾下担任参军一职。李商隐接受了这个职位，此后他一共在蜀中生活了大约四年时间。参军的官职虽然不高，又是李商隐仕途中相对比较平静的时期，但毕竟是远离故乡，居住环境和风俗习惯皆与诗人旧日生活有着很大的差异，心中的苦闷不言而喻。

诗题中的"寄北"，即写诗寄给北方的人。诗人当时诗人的亲友们都在长安，所以说"寄北"。诗中表达了对亲友的深刻怀念。

这是一首第一人称视角的诗作。开头两句一问一答，记叙的是诗人在回信的场景："你问我什么时候能够回家？这我可说不好确切的时间啊！"在这无可奈何的语气中，羁旅之愁与思乡之苦跃然纸上。满怀愁绪的诗人不禁停下手中的笔，抬头从窗口向外望去：窗外夜色深浓，风雨交加，雨水渐渐涨满了屋前的池塘，心中的苦闷与眼前的凄风苦雨交织在一起，平添了无限伤感。诗人的思绪也随着夜雨飘向远方，幻想起彼此相聚一处的美好情景，于是再次提笔写下"何当共剪西窗烛，却话巴山夜雨时"。诗人说我虽然不知道什么时候才能回到家乡，但我依然会想象着我们共坐在西窗之下，一边剪烛一边夜话谈心，到那时我再来对你讲一讲，今晚我在巴山听着绵绵夜雨时的所思所想。"何当"句是表示愿望，这个简单的愿望是诗人在辛苦的境况中用来安慰自己也安慰亲人的药方。

"巴山夜雨"在这首短短的七言绝句中反复出现了两次，按照一般的写作标准而言，这种重复本来是要被诟病的，但在这首诗中，读来不但不觉得冗杂多余，反而传递出一种哭诉似的悲伤。偏远的巴山是诗人不得不忍受寄居的苦地，寒凉的夜雨是苍天代诗人流下的苦泪。后来，"巴山夜雨"不但成为李商隐诗歌的代表意象，更被用以形容蜀地的环境，以及客居他乡又逢夜雨的孤独寂寞。

关于这首诗的写作对象，一直以来都没有定论，除了"亲友说"外，还有一种最为流行的说法是"冥寄妻子说"。李商隐三十八岁的时候妻子王氏去世了，因诗中表现出的缠绵悱恻的感情，后人也愿意把这首古诗认作是他写给妻子一诉衷肠的作品。但无论是亲友还是爱人，这首诗虚实相生、情景交融的精妙写作手法，含蓄深婉、情真意切的艺术表达，都使它成为晚唐诗歌中的不二佳作。纪昀就盛赞此诗，曰："作不尽语，不免有做作态，此诗含蓄不露，却只似一气说完，故为高唱。"（《玉谿生诗说》）

诗经·邶风·击鼓

[先秦] 佚 名

击鼓其镗①，踊跃用兵。

土国城漕②，我独南行。

从孙子仲③，平陈与宋④。

不我以归，忧心有忡⑤。

爰居爰处？爰丧其马？

于以求之？于林之下。

死生契阔⑥，与子成说⑦。

执子之手，与子偕老。

于嗟阔兮，不我活兮。

于嗟洵兮⑧，不我信兮。

【注释】

① 镗（tāng）：击鼓声。

② 土国：在国都服役。漕：地名。

③ 孙子仲：即公孙文仲，字子仲，春秋时期卫国大夫。

④ 平：和也，调和二国之关系。陈、宋：诸侯国名。

⑤ 有忡：忡忡。

⑥ 契阔：聚散。契，合；阔，离。

⑦ 成说：约定，结誓。

【鉴赏】

　　关于这首诗的创作背景有几种不同的说法。一种是鲁隐公四年（前719年），卫国公子州吁先后两次联合宋、陈、蔡三国伐郑。另一种认为是鲁宣公十二年（前597年），卫穆公出兵救陈，而被晋所伐之事。清代学者方玉润《诗经原始》中认为这首诗就是"戍卒思归不得之诗也"。这是《诗经》中一篇典型的战争诗，诗歌反映了一个久戍不得归乡的征夫心中的怨恨和对家中亲人的思念。

这首诗以士兵的第一人称视角记叙了战争中的人事。诗的第一章是全诗的线索，它先讲述了士兵们奋力擂起战鼓，练武场上将士们正在积极练兵的场面，在一片振奋的场景中，诗人有些落寞地自言自语："有的战友在修路筑城墙，而我却要独自从军去到南方。"诗人很显然对这次军队的调动有很多不满。

第二章"从孙子仲，平陈与宋"，道出了"南行"的缘由，诗人要跟随统领，联合陈国、宋国共同出兵。这很显然不是诗人所愿，所以他发出了"不我以归，忧心有忡"的叹息。叙事更进一步向前推进，身不由己的征人遭遇，令人同情。

第三章记叙了诗人出征后的情形。他接连发出一连串疑问：在何处才能安稳地居住？战马又丢失在哪里？哪里才能找到我的战马？一路追寻，原来它躲藏在丛林深处的大树下。这些看似与战争无关的疑问，其实是诗人长久征战，无可归处，心中惶惑的间接反映。战马丢失了尚可以找到，那些牺牲在战场上的战友，却再也找不到，再也回不了家了。

四、五两章是战友之间真诚的誓言和前途未卜的不安和感伤。我们紧握住彼此的手，共同奋战在战场，并立下生死不弃的誓言。但我们是如此害怕就此人世两隔，再难相见，不能再坚守这份誓言。这场战争并非全然为了保家卫国，征夫们在其中扮演着十分被动的角色，他们在忧虑不安中宣泄着自己对战争的抵触情绪，呼唤对个体生命自由的尊重。

《诗经》中有很多描写战争的诗作，但和积极的战歌不同，哀怨是这首诗所要表达的主调。诗人的身份不是高高在上的统治者，而是战争的直接受害者。从这一角度便可以理解诗人之"怨"从何而来，又为何那样深沉。他怨恨战争无缘无故的降临，怨恨征役的遥遥无期，怨恨自己珍贵的战友随时都有可能丢掉生命，再难回到故乡。诗人在个体生命诉求与国家战事的抗衡中，从心底透露出明显的厌战情绪，这正是那个时代底层民众的悲哀。

村 居

［清］高 鼎

草长莺飞二月天，拂堤杨柳醉春烟①。
儿童散学归来早②，忙趁东风放纸鸢③。

【注释】

① 春烟：春天水泽、草木间蒸发形成的烟雾般的水汽。
② 散学：放学。
③ 纸鸢：泛指风筝。

【鉴赏】

　　高鼎（1828—1880），字象一，一字拙吾，浙江仁和（今属浙江杭州）人，清代诗人。高鼎生活的时代，国家饱受列强的侵略，他晚年又因遭受议和派的排斥和打击，最终只能在一个僻静的小村庄闲养老去。某一个普普通通的早春二月，受到田园氛围感染的诗人写下了这首洋溢着欢快情绪的诗作。

　　一、二两句"草长莺飞二月天，拂堤杨柳醉春烟"描写早春二月的动人春景。早春时节，万物开始生长，地上的青草抽出嫩芽，黄莺鸟穿梭飞舞在树木之间，堤坝上的杨柳郁郁葱葱，如烟似雾。这个"醉"字，是拟人的手法，形容杨柳摇摆飘逸的姿态，好像醉酒一样，也许这些草木也被这春天的美好深深陶醉。诗人以轻快活泼的笔调，点染出了一派美不胜收的融融春光。

　　三、四句"儿童散学归来早，忙趁东风放纸鸢"，从前文温暖的春景过渡到可爱的人事，描述了一群活泼的孩童在大好春光里放风筝的生动情景。天气实在是太好了，孩子们放学后早早跑回家，可是天色还早，太阳没有落山，开心地放起了风筝。孩童、春风、纸鸢，诗人选择了十分平常的人、事、物，将平凡普通的乡村生活生动地展示在读者面前，平凡的春景又因为可爱的人儿，增添了无限生机。诗人生活在晚清，人们通常对那一时期的印象都是腐朽和没落的，但高鼎在这首诗中却向人们传达了另外一番景象。诗歌的画面唯美精致，笔调充满天真童趣，自然之春和人文之春在诗人的笔下达到了和谐统一。

人们提及古典文学常有"诗必唐宋"的刻板印象，其实明清两代的诗人们很好地继承了前人的优秀传统，同样取得了很高的艺术成就。而诗到晚清，受到内忧外患的社会大环境影响，特别是鸦片战争之际，出现了大量的爱国主义题材的作品，如龚自珍的《己亥杂诗》、黄遵宪的《赠梁任父同年》、丘逢甲的《春愁》等。高鼎传世的诗作不多，其中也有"丧家毕竟非秦赘，悯世何曾是楚狂。二十年来尤守拙，白云沧海总茫茫"（《偶书》）和"艰危已觉尘心淡，魂梦犹惊战血腥。祇为深恩酬未得，琴书何暇叹飘零"（《虚堂》）这样的悯时忧世的诗作，但更多的是描写日常生活的作品。像这首《村居》，像《无题》"牧笛声中踏浅沙，竹篱深处暮烟多"，《早行》"一叶西风里，催程曙色微。水流残梦急，帆带落星飞"等。

也许有人会问，在那样的社会环境下，高鼎的诗何以呈现出这样的舒缓、安闲？其实诗人自己已经给了解答，他在《怀李啸云》诗中写道："吴苑文章客，余溪落拓身。一生惟爱酒，万语不言贫。"诗中虽然说的是朋友，但何尝不是诗人自己的写照呢？位卑言轻，空有义气，无处施展。在那个风云变幻、国事动荡的年代，既有林则徐、谭嗣同式的抛头颅、洒热血的民族英雄，也有像高鼎这样只能困居乡野，无为卒岁的普通文人。诗歌在这里不必非要以情怀和志行论高下，简简单单也是人生况味！

寒食野望吟

[唐] 白居易

乌啼鹊噪昏乔木，清明寒食谁家哭。

风吹旷野纸钱飞，古墓垒垒春草绿^①。

棠梨花映白杨树，尽是死生别离处^②。

冥冥重泉哭不闻^③，萧萧暮雨人归去。

【注释】

① 垒垒：众多，重重叠叠的。

② 尽是：都是。

③ 冥冥：昏晦的样子。重泉：黄泉，九泉，人死后的归处。

【鉴赏】

在清明节的前一两日，本来是有一个传统节日，名为"寒食节"。在这一天人们禁烟火只吃冷食，祭扫、踏青，后来，寒食节和清明节合在一起，成为民间第一大祭日。

这首《寒食野望吟》描写了寒食清明扫墓凄凉悲惨情景。白居易是中唐时期极具代表性的现实主义诗人，其极力主张诗作的通俗性与写实性，在中国诗史上占有重要的地位。他的诗歌浅显易懂，多反映现实生活。这首诗的存在，除了具有文学史意义外，它更为人们研究唐代历史和民俗提供了重要文献佐证。

整首诗当作一体解读，诗人详细地描写的是清明节祭祀扫墓的情景。在人们阅读这些文字时，眼前仿佛出现了这样的景象：清明时节，寒雨潇潇，乌鸦围绕着树枝飞来飞去，时而会留下几声凄厉的啼叫。鲜艳的海棠花和梨花掩映在白杨树林之间，春草悠悠的地下，一座座古墓安静地沉睡，眼前所见尽是生离死别的悲伤之地。凉风低低地掠过空旷的郊野，黄白色的纸钱被风卷起，打着旋儿飘向天际。古墓新坟之前，人们都在为逝去的亲人焚烧纸钱，呜咽的哭声此起彼伏，然而在九泉之下的亲人们也许根本听不到这些凄厉的哭声。不知不觉天色已晚，寒雨依旧没有停歇，逝去的亲人并不能真的相见，人们只好在风雨中孤独地离去。

寒食清明最为重要的风俗即是扫墓。白居易此诗，不仅详细地记叙清明寒食扫墓风俗，在诗句沉郁的语调中，也可以稍稍窥见漂泊异乡的诗人心中油然而生的慕亲思乡之情。寒食清明这个节点对于白居易而言似乎具有很特别的意义，除了这首《寒食野望吟》，他尚有近三十首提及"寒食""清明"的诗作，像《春雪》《寒食》《和春深二十首》《重题别东楼》等，其中有一首题为《清明日登老君阁望洛城赠韩道士》的诗："风光烟火清明日，歌哭悲欢城市间。何事不随东洛水，谁家又葬北邙山。中桥车马长无已，下渡舟航亦不闲。冢墓累累人扰扰，辽东怅望鹤飞还。"与这首《寒食野望吟》相比，虽一为"城望"，一为"野望"，所记景象不同，但情感的表达却是相通的。三百年后的某个寒食节，苏轼在黄州写下了著名的《寒食帖》，不知他的心中是否也体味了前人的悲苦呢？

南陵别儿童入京①

[唐] 李 白

白酒新熟山中归②，黄鸡啄黍秋正肥。
呼童烹鸡酌白酒，儿女嬉笑牵人衣。
高歌取醉欲自慰，起舞落日争光辉。
游说万乘苦不早③，著鞭跨马涉远道。
会稽愚妇轻买臣④，余亦辞家西入秦。
仰天大笑出门去，我辈岂是蓬蒿人⑤。

【注释】

① 南陵：在今安徽。

② 白酒：古代酒分清酒、白酒两种。《礼记·内则》："以白酒为贤人，清酒为圣人。"

③ 万乘：指皇帝。周朝制度，天子地方千里，车万乘，故称。苦不早：恨不能早些。

④ 会稽愚妇：朱买臣之妻，典出《汉收·朱买臣传》。

⑤ 蓬蒿人：草野之人。蓬、蒿，都是草本植物，这里借指乡野民间。

【鉴赏】

唐玄宗天宝元年（742年），通过玉真公主和贺知章的举荐，玄宗看了李白的诗赋，对其十分钦慕，便召李白进宫。此时已经四十二岁的李白因得到唐玄宗召他入京的诏书异常兴奋，以为实现政治理想的时机到了，便立刻回到南陵（今属安徽芜湖）家中，与儿女告别，并写下了这首满怀喜悦的作品。

"白酒新熟山中归，黄鸡啄黍秋正肥。"开头两句描绘出一派丰收的景象，也点明了诗人回家的时间是在秋收时节。白酒新熟，黄鸡正肥，一切都和诗人的心情一样，充满着生机和希望。本来就嗜好美酒的诗人又怎能错过这么好的机会呢？于是三、四句呼之欲出，"呼童烹鸡酌白酒，儿女嬉笑牵人衣"。诗人兴高采烈地喊着童仆准备酒菜，孩子们也被这份喜悦感染，嬉笑吵闹着纷纷牵扯他的布衣，仿佛也体会到父亲的快乐。五、六句"高歌取醉欲自慰，起舞落日争光辉"

记叙了诗人酒醉后的行为。痛饮新酿，纵情高歌，以此疏解自己高涨的情绪，酒酣兴浓，歌且不足，于是起身舞剑，闪闪的剑光仿佛可与落日争辉。开怀痛饮，高歌起舞，未来充满希望，诗人在此时此刻把自己的喜悦毫无保留地尽情宣泄。

"游说万乘苦不早"及其后四句，由外在行为转而描写诗人的心理活动。"游说"两句表达自己的政治志向，他想要早早地快马加鞭奔赴长安，去向君王阐述自己的政治主张。"会稽愚妇轻买臣，余亦辞家西入秦"则引用了西汉会稽太守朱买臣的典故自况。据《汉书·朱买臣传》记载：会稽（今江苏苏州）人朱买臣，早年"家贫，好读书，不治产业，常艾薪樵，卖以给食"，但他勤奋向学，常常一边担柴走路一边读书不辍。他的妻子嫌弃他贫贱无能离开了他。后来朱买臣得到汉武帝的赏识，做了会稽太守。后人常用此典故隐喻目光短浅的世俗小人看不到真正俊杰的面目。此处诗人认为自己就是当年的朱买臣，如今终于被朝廷赏识，前途无量，所以心中恨不得赶快辞家飞到长安去实现自己的人生抱负。联想到诗人此时已经四十有二，不惑之年终于获得晋升的机会，这种洋洋自得的想法便很可以理解了。

最后"仰天大笑出门去，我辈岂是蓬蒿人"，诗人心中的得意终于表现到了行动中，趁着醉意仰面朝天纵声大笑着走出家门，高呼着自己怎么会是那长期被埋没的无能之辈呢？诗人的兴奋之情经过一层层的渲染终于达到高潮，志得意满、踌躇满志的形象表现得淋漓尽致。

这次征召是李白人生中的一件大事，诗人从归家开始记叙，直写到醉酒离家，通篇直陈其事，感情在饮酒的过程中被层层推进，从字里行间能看出诗人的兴奋和傲气，纵酒狂歌，放浪形骸，正是诗仙本色。

【乡】

俯拾即是，不取诸邻。
俱道适往，着手成春。

送人游吴

[唐] 杜荀鹤

君到姑苏见，人家尽枕河①。

古宫闲地少②，水港小桥多③。

夜市卖菱藕，春船载绮罗④。

遥知未眠月，乡思在渔歌。

【注释】

① 枕河：临河。枕，临近。

② 古宫：即春秋时吴国王宫。这里借指姑苏。闲地少：指人烟稠密，屋宇相连，少有空地。

③ 水港：指流经城市的小河。一作"水巷"。

④ 绮罗：华贵的丝织品或丝绸衣服。一说指代贵妇、美女。

【鉴赏】

杜荀鹤（846—904），字彦之，自号九华山人，池州石埭（今安徽石台）人。他出身寒微，中年始中进士，但并未授官，乃返乡闲居。文学上，杜荀鹤提倡诗歌要继承风雅传统，反对浮华，其诗作平易自然，质朴明畅，清新秀逸。这首诗是一首送别诗，诗人送友人前往鱼米之乡吴县（今属江苏苏州），在想象中描绘了吴地秀美的风光，热情地介绍姑苏城的特色风物，其实也是对远行友人的安慰和激励。

首联"君到姑苏见，人家尽枕河"，用一种直白介绍的方式告诉他的友人：你一到姑苏啊，就会发现姑苏人的房子都是建在河上，临水而居。苏州自建城以来，水道纵横，船是当地十分重要且普遍的交通工具。这两句其实也是在暗示友人是乘船到苏州，所以首先见到的就是水上人家。

颔联继续介绍当地的居住特色，是用漫笔将苏州的历史与现在巧妙连接。在唐朝，苏州已经是相对比较富庶繁荣的地区，人口密集，再加上水网密集，因此桥梁众多，土地面积受限，出现了"闲地少""小桥多"的现象。

颈联"夜市卖菱藕，春船载绮罗"，从城市景观写到市民的日常生活。夜市在唐代已经出现，且多在经济发达的城市。苏州的夜市和别处又有些与众不同，因为苏州的街道房屋很多都是沿河而建，所以它的夜市也在河道两边，水中的行船满载着绫罗绸缎，而集市上售卖的商品也多是当地特色的水产。这首诗中提及苏州夜市，客观上反映了苏州城市的繁华开放。

尾联"遥知未眠月，乡思在渔歌"，诗人在前面向朋友精心描绘了苏州的美好之后，最后才道出了依依送别之意。未来，如果你在苏州夜不能寐，那请把思念之情寄托在渔人的歌声中，随风传到远方。诗人的个人生活处境虽然困顿，但心境依然乐观开朗，就像他在同时期写作的另一首送别诗中所描写的那样："去越从吴过，吴疆与越连。有园多种桔，无水不生莲。夜市桥边火，春风寺外船。此中偏重客，君去必经年。"生活无论走向何方，但只要心怀希望，前方便总是有许许多多惊喜和期待。

近代学者俞陛云先生在其著作《诗境浅说》中对这首诗有十分中肯的评价："户藏烟浦，家具画船，江南之擅胜也。诗言其烟户之胜，桥港之多。余生长吴趋，诵之如在鸥坊鹤市间。忆近人句云：'屐齿声喧沽酒市，波光红映过桥灯。'写江乡景物如绘。作旅行诗者，能掩卷若身临其地，便是佳诗。"这首诗以想象入诗，格调清新活泼。诗人笔下的江南水乡——小桥、流水、人家、香藕、绮罗、船歌，一切都那样温馨浪漫，在这些美好事物的衬托下，离情和乡思都变得不是那么悲伤，反而染上一抹淡淡的风情。

苏幕遮

[宋] 范仲淹

碧云天，黄叶地，秋色连波^①，波上寒
烟翠^②。山映斜阳天接水，芳草无情，
更在斜阳外。

黯乡魂^③，追旅思^④。夜夜除非^⑤，好梦
留人睡。明月楼高休独倚，酒入愁肠，
化作相思泪。

【注释】

① 秋色连波：秋色仿佛与波涛连在
一起。

② 烟：水汽形成的烟雾。

③ 黯乡魂：因怀念故乡而悲伤。黯，
黯然，形容心情忧郁，悲伤。

④ 追旅思：撇不开羁旅的愁思。追，
紧随，可引申为纠缠。旅思，旅途中
的愁苦。

⑤ 夜夜除非：即"除非夜夜"的倒
装用法。

【鉴赏】

　　范仲淹（989—1052），字希文，北宋杰出的思想家、政治家、文学家，"先
天下之忧而忧，后天下之乐而乐"的名臣，不仅文学成就斐然，亦颇有军事才
能。宋仁宗宝元元年（1038 年），李元昊称帝。次年，为逼迫宋朝承认西夏的地
位，李元昊率兵进犯北宋边境。康定元年（1040 年），范仲淹正在西北边塞的军
中任陕西四路宣抚使，主持防御西夏的军事，他采取"屯田久守"方针，为巩固
西北边防做出了卓越的贡献。

　　这首词就创作于宋仁宗康定元年至庆历三年（1043 年）期间，词人以沉郁
雄健的笔力，抒写了羁旅乡思之情。

　　词的上阕写秋景，意境宏阔，"碧云天，黄叶地"，一个浓墨重彩的大全景镜
头，展现出碧空万里，白云朵朵，大地苍茫，黄叶满地，天地一片开阔的高远

境界。元代著名的剧作家王实甫，在其代表作《西厢记》里写有一支《端正好》曲，其辞曰："碧云天，黄花地，西风紧，北雁南飞。"想必定是参考了范仲淹的这首《苏幕遮》，借女主人崔莺莺之口娓娓吟唱，将羁旅思乡演化成了儿女情长，离情依依。"秋色连波，波上寒烟翠"两句，词人的视角由天地到水色，天地间无边的秋色汇聚绵展，汇入流向远方的淼淼秋江，江面上水波荡漾，蒸腾起翠色的烟霭，秋天的寒意仿佛穿透文字，沁入心脾。

上阕的最后三句"山映斜阳天接水，芳草无情，更在斜阳外"。夕阳余晖映照着山峦，水天相接成一线，芳草萋萋，隐没在地平线下，连夕阳也照射不到的天边。天、地、山、水，世间最宏阔的景象融为一体，这种层层渲染，是情感抒发的步步铺垫，直到"芳草无情"出场，推向顶峰。"芳草"是上阕宏大画面中唯一的聚焦特写，在古典意象中它往往与乡思别情相联系，是上下阕之间语意衔接的关键，更是情感聚焦之处。

下阕由景入情，直接点出"乡魂""旅思"和"离愁"，反复倾诉着主人公漂泊异乡的时间之久与乡思之深。前四句，表面上好像是说乡思旅愁虽浓，但也有消除的时候，实际上却是反语，说明这些离愁其实时时刻刻横亘在心头。最后三句，"明月楼高休独倚"是主人公对自己的劝慰，他定是因相思旅愁常常夜不能寐，所以总是独自一人倚栏眺望，借酒消愁。但"借酒浇愁愁更愁"，他深知这样对排解离愁毫无用处，只会增添惆怅伤感，难抑心酸泪。

这首词本是常见的情景结合，借景抒情之作，但它的景不是缠绵悱恻之景，而阔远壮丽之景，范仲淹一生为国为民，满腔的爱国之情，胸襟广阔，不拘于儿女情长，故而在他的笔下，思乡曲调都显得低回婉转，雄浑刚健。

黄 鹤 楼

[唐] 崔 颢

昔人已乘黄鹤去①，此地空余黄鹤楼。
黄鹤一去不复返，白云千载空悠悠②。
晴川历历汉阳树③，芳草萋萋鹦鹉洲④。
日暮乡关何处是⑤？烟波江上使人愁。

【注释】

① 昔人：指传说中的仙人子安。因其曾驾鹤过黄鹤山，遂建黄鹤楼。

② 悠悠：飘荡的样子。

③ 汉阳：地名，现在湖北省武汉市汉阳区，与黄鹤楼隔江相望。

④ 鹦鹉洲：在湖北省武汉市武昌区西南，今已淹没。根据《后汉书》载，汉黄祖担任江夏太守时，在此大宴宾客，有人献鹦鹉，祢衡于席中作《鹦鹉赋》，后来祢衡被黄祖杀害，此洲由此得名。

⑤ 乡关：故乡。

【鉴赏】

盛唐诗人崔颢（？—754），汴州（治今河南开封）人，虽出身世家大族"博陵崔氏"，但一生仕途坎坷，始终官职低微，郁郁而不得志。崔颢早期诗风比较轻浮，后期转变为雄浑奔放。这首诗的具体创作时间难以确切考证，详研本诗内容风格，判断其为诗人后期作品可能性更高。

这是一首凭吊古事、思乡怀人的作品，诗人登临黄鹤楼，览眼前景物，即景生情，诗兴大作，创作了这首诗。

这首诗的首颔两联笔起于一个美丽的传说：传说古代曾有仙人乘黄鹤来到此处，或在此处乘鹤登仙，也有仙人画鹤报恩的故事。引用这个故事既是点题，说明黄鹤楼名称的由来，同时借传说落笔抒情。对于今人而言，无论是哪一种传说，都已经是"一去不复返"了，鹤去楼空，唯余天际白云，悠悠千载。四句诗中，"黄鹤"二字反复出现了三次，语言表达上气势十足。而连用两次"空"字，在今昔的对比中，感受着岁月不再，世事苍茫，物是人非的淡淡悲伤。

颈联两句是此诗转折。前面四句记黄鹤故事，飞鸟白云，视角始终在天空，而五、六两句的视角则由天空转向地面，晴川草树、萋萋芳草的景象历历在目。这"芳草萋萋"常被用以抒写思乡之情，正好引出尾联的"乡关之愁"。诗人在看尽了眼前的高天白云、列列碧树、萋萋芳草后，不禁回想起自己的故乡，发出"日暮乡关何处是？"的疑问。我的家乡到底在何方呢？路途遥远根本无法望见，只能看着浩渺的江水，独自消解这份浓浓的乡愁。

黄鹤楼所在的武汉市地处长江、汉江交汇处，两江汇融，九省通衢，因为其特殊的地理位置，这里几乎成为古人游历的必经之地，有游览必有颂赞，据学者统计，历代有关黄鹤楼的诗词作品多达一千余篇，其中佳句频出，蔚为大观。李白和王维曾经在黄鹤楼送别亲友，"雪点翠云裘，送君黄鹤楼。黄鹤振玉羽，西飞帝王州"（李白《江夏送友人》），"城下沧江水，江边黄鹤楼。朱阑将粉堞，江水映悠悠"（王维《送康太守》）。陆游和王冕喜欢在楼中畅饮，"苍龙阙角归何晚，黄鹤楼中醉不知"（陆游《黄鹤楼》），"我生山野无所谋，白日灌园夜饭牛。安得先生与之游？买酒共上黄鹤楼"（王冕《孙元实春游图》）。但这些优美的文字在崔颢的这首《黄鹤楼》面前，都有些黯然失色。正如严羽在《沧浪诗话》中所说的那样："唐人七言律诗，当以崔颢《黄鹤楼》为第一。"

传说，大诗人李白当年也曾登上黄鹤楼，本想即兴赋诗，但目睹崔颢的诗作后，大为折服，忍不住自嘲说："眼前有景道不得，崔颢题诗在上头。"能让才攀日月的诗仙搁笔，可见这首《黄鹤楼》诗的水平之高。正因此诗杰出的艺术成就，后世多推崇为题黄鹤楼文学中的千古绝唱。

灞上秋居①

[唐] 马 戴

灞原风雨定，晚见雁行频。
落叶他乡树，寒灯独夜人。
空园白露滴，孤壁野僧邻。
寄卧郊扉久②，何年致此身③。

【注释】

① 灞上：位于今陕西西安东，因地处灞陵高原而得名，为诗人的寄居之所。
② 郊扉：指在长安城外寄居。
③ 致此身：以此身为国君效力。

【鉴赏】

马戴（799—869），字虞臣，唐定州曲阳（今河北曲阳）或华州（今属陕西）人。晚唐著名诗人。他早年科举不顺，曾长久滞留长安及关中一带，灞上即是他到京城长安后的寄居之地。诗人进身无门，生活艰难，有感于季节变换，作此诗慰藉愁情。

全诗八句四十个字，写尽闭门孤寂之感。

首联"灞原风雨定，晚见雁行频"点明时间地点和天气环境：灞原风雨初歇，天际暮霭沉沉，接连不断的雁群自北向南急急飞过。"雁行频"的隐藏含义是因为连番的风雨，大雁已经耽误了不少行程，好不容易风停雨歇，得赶在天黑之前多多赶路。大雁意象往往触动古人的乡思之情。

颔联"落叶他乡树，寒灯独夜人"这一组对仗满溢着寒凉凄苦的气息。风雨中片片黄叶从树上飘落下来，寄居在孤寺中的旅人独对孤灯，默默出神。中国人有句老话叫作"叶落归根"，然而这句诗中落叶的却是"他乡之树"，其实树本无所谓家乡他乡，有异乡之感的只有诗人自身，这里落叶不能归根的与其说是"他乡树"，不如说是"异乡人"。"寒灯"句中，寒灯显出长夜漫漫，仿佛没有尽头，因孤独而更感到寒气逼人，这里"寒""独"二字，更将这种身在异乡的孤独感推向极致。

颈联继续状写风雨后的景物："空园白露滴"以动写静，夜阑人静，雨后空气寒凉潮湿，连秋虫都已停止了鸣叫，只有露水滴落的响声，微弱而清晰。"孤壁野僧邻"同样是用烘托的手法，孑然一身、孤单无助的诗人偏偏说自己还有一个山野僧人这样的邻居。野僧，自然是远离尘世、独自修行的僧人。这句话看似是说"有邻相伴"，实际上却更加表明诗人寄身之处的荒凉偏僻。

尾联"寄卧郊扉久，何年致此身"是诗人的感慨：他为了求取官职来到长安，但屡试不第，生活贫困，无力生活在长安城中，只能寄居在偏僻艰苦的城郊，前途未卜，希望渺茫，不知何时才能有出头之日。

心理学上讲，孤独是人主观自觉地与他人或社会隔离和疏远的感觉和体验，它是一个人脱离社会群体，对自我进行封闭的状态。在文学领域里，孤独更是一种主题，一种情结。生不逢时，"悲夫士生之不辰，愧顾影而独存"（《悲士不遇赋》）是司马迁的孤独；独立苍茫，"前不见古人，后不见来者。念天地之悠悠，独怆然而涕下"（《登幽州台歌》）是陈子昂的孤独；无依无靠，"飘飘何所似，天地一沙鸥"（《旅夜书怀》）是杜甫的孤独；壮志难酬，"世事一场大梦，人生几度秋凉"（《西江月》）是苏轼的孤独；而这些孤独在马戴面前，似乎都还不够凄凉。

有人说这首《灞上秋居》是唐诗中最孤独的一首，前途未卜，贫病交加，寒夜无侣，独对风雨，马戴的这种孤独不仅仅是独身一人，无人陪伴的孤独，更是仕途不顺，自我怀疑感伤的孤独，是无数孤独的层层累积，如秋夜的寒气一般，在无形中缓缓渗透到诗人的灵魂深处。

菩萨蛮·其二

[唐] 韦 庄

人人尽说江南好，游人只合江南老^①。

春水碧于天，画船听雨眠。

垆边人似月^②，皓腕凝霜雪^③。未老莫还

乡，还乡须断肠^④。

【注释】

① 游人：这里指漂泊江南的人，即作者自谓。只合：只应。

② 垆边：指酒家。垆，旧时酒店用土砌成酒瓮卖酒的地方。

③ 皓腕：洁白的手腕。

④ 须：必定，肯定。

【鉴赏】

韦庄（约836—910），字端己，京兆（今陕西西安）人，晚唐文学家。韦庄生活的时代，是政权更迭，战争频发的时代。唐僖宗广明元年（880年），黄巢攻破长安，韦庄人到中年应举不第，又陷于战乱，逃往南方，在各地辗转漂泊。韦庄晚年寓居蜀地，最终在成都去世。

这首诗是韦庄《菩萨蛮》五首中的第二首，这五首词在内容上是一个整体，要理解其中之一，必须要把它放回整体中去观照。《菩萨蛮》组词写的是一个关于爱情的故事，前三首为第一层，是对往事的追忆。第一首是事情的起因，说男主人公要远行，而美人离情依依，为"我"送别，并劝"我"归家的故事。此处所选的第二首，承接前作，站在男主人公的角度，回答了自己为何停留他乡，不肯回家的缘由。

上阕起始两句直言，所有人都说江南是多么美好的地方，游人就应该在江南驻足，慢慢老去。江南有长江天堑之险，有鱼米之乡的富饶，如若贪于安逸，这

里正是再好不过的地方。"春水碧于天，画船听雨眠"两句，正面描写"江南之好"。气候温润，江水澄澈，比碧蓝的天空更美；静卧在画船之中，听雨声淅沥，伴我入眠。这种生活和中原的战乱相比，是如此悠闲自在。

下阕"垆边人似月，皓腕凝霜雪"是对女子美貌的描写。这两句引用了"卓文君当垆卖酒"的典故，垆边人暗指词人在家乡的妻子。《史记·司马相如列传》记载，"卓王孙有女文君新寡，好音，故相如缪与令相重，为何以琴心挑之。""文君夜亡奔相如，相如乃与驰归成都。家居徒四壁立。""相如与俱之临邛，尽卖其车骑，买一酒舍酤酒，而令文君当垆。"主人公何尝不思念那个面如皎月、肤色如雪的妻子，而非要羁旅江南，在这虽然美好却陌生的山水中，麻痹自己，放纵自己？最后两句就是回答，"未老莫还乡，还乡须断肠"是对他人的劝慰，也是对自己的安慰。年华未衰之时不要回乡，如今自己一事无成，回到家乡只能更加悲凉凄惨。男主人公口中说着"莫还乡"，实则想还乡而不能，所以故意说了反话。"还乡须断肠"并非因为不舍江南，而是因为此时家乡已经成为了一个可望而不可即的地方。一边是深刻的乡思，一边是难以言说的无奈。

韦庄生活在唐末乱世，黄巢乱后，他离开家乡长安，长期在江南等地漂泊，至死都未能回到故乡。对词人而言，江南再美却终究不是自己的家乡和归宿。词中描绘的风景越美，生活越惬意，苦闷之情也就越加强烈。

戏答元珍

[宋]欧阳修

春风疑不到天涯①，二月山城未见花②。
残雪压枝犹有橘，冻雷惊笋欲抽芽③。
夜闻归雁生乡思，病入新年感物华④。
曾是洛阳花下客⑤，野芳虽晚不须嗟。

【注释】

① 天涯：指诗人所在的夷陵，今湖北宜昌。

② 山城：即夷陵，时欧阳修谪为夷陵令。

③ 冻雷：初春时节的雷，因仍有雪，故称。

④ 物华：美好的景物。

⑤ "曾是"句：宋仁宗天圣八年（1030年）至景祐元年（1034年），欧阳修曾任西京（洛阳）留守推官。洛阳以盛产牡丹花著称。

【鉴赏】

　　宋仁宗时，北宋王朝积贫积弱的弊病开始显现，贫富差距拉大，社会矛盾日益突出。范仲淹呼吁改革，推行新政，但以失败告终。宋仁宗景祐三年（1036年），欧阳修作为范仲淹一派的主要人物受到牵连，被贬为夷陵（今湖北宜昌）县令。次年，他的朋友丁宝臣（字元珍）写了一首题为《花时久雨》的诗送给他，欧阳修便以此诗回赠，抒发其谪居山乡的寂寞心情和自我宽慰之意。

　　首联和颔联描写夷陵山城恶劣的生活环境。夷陵偏僻得好像春风都吹不到一样，早春二月其他地方此时早已花开满眼，春意盎然，但此地却不见一点儿春天到来的样子。未融尽的积雪压弯了树枝，枝上还挂着陈年未摘的橘子，惊雷阵阵，仿佛在催促着竹笋赶快抽芽生长。时节已入春季，夷陵却凄寒依旧。诗人表面上抱怨糟糕的自然环境，实际上是在暗示自己不幸的政治境遇。诗人原本满怀改革救世的理想，却遭遇挫折被贬谪远地，心情当然也很难愉快，所以眼中的风景自然也蒙上了一层阴郁的颜色。

颈联记写了他在当地的生活情况。春来秋去的鸿雁，在文人的笔下有着十分丰富的文化意蕴。传闻中，鸿雁只有在离群失伴时才会发出鸣叫声。这里的"夜闻归雁"重在一个"闻"字，诗人是听到了鸿雁的叫声，才勾起了心底的乡愁。这鸣叫的鸿雁一定就像诗人一样，失去了自己的亲朋挚友，孤寂一人，滞留他乡。心情压抑，夜里常常失眠，每当这时阵阵北归的雁鸣声总是勾起诗人无穷的乡愁；夷陵天气寒冷，诗人难以适应当地的生活而身染疾病，久病不愈隔年期，烦闷的心情致使眼前所有景色，都令人思乱如麻。

尾联是诗人在强颜欢笑、自我安慰。欧阳修曾于宋仁宗天圣八年（1030年）至景祐元年（1034年）期间，任西京（洛阳）留守推官，领略过当地的牡丹盛况，并写过一部《洛阳牡丹记》记叙这段经历，文中就提及"洛阳之俗，大抵好花。春时，城中无贵贱皆插花，虽负担者亦然。花开时，士庶竞为游遨"。昔时虽然有过快乐的经历，然而在此时，他却有些自欺欺人地告诉自己：我早就在洛阳见惯了各色各样的牡丹，已经没什么遗憾了，见不到这里的野花又有什么值得感伤的呢？这些看似豁达的言语，其实透露出诗人极为矛盾的心情，在平静的表面下埋藏着更加深沉的感伤。

诗题"戏答"，诗人想用尽可能诙谐轻松的态度表达内心的想法，但始终不免流露出点滴迷惘寂寞的情绪，但他又正值壮年，尽管眼前面临些许波折，终究不会彻底放弃，依然希望在未来重回权力中心，实现自己的政治抱负。

与浩初上人同看山寄京华亲故①

[唐] 柳宗元

海畔尖山似剑铓②，秋来处处割愁肠。
若为化得身千亿③，散上峰头望故乡④。

【鉴赏】

柳宗元（773—819），字子厚，河东（今山西运城永济）人，唐宋八大家之一。永贞元年（805年），唐顺宗李诵继位，重用王伾、王叔文等人，推行革新。柳宗元由于与王叔文等政见相同，被提拔为礼部员外郎，成为改革集团的一员。这场革新仅仅进行了一百多天就草草结束，同年八月，唐宪宗李纯登基，极力打击王叔文集团，"永贞革新"最后以失败告终。柳宗元受到牵连，先被贬为永州（今湖南永州）司马，元和十年（815年）又迁为柳州刺史。

诗题中的僧人浩初是诗人的朋友，当时他从临贺（今属广西贺州）到柳州（今广西柳州）与柳宗元见面，二人一同登山望景。此诗表达了诗人对故乡的深切思念，以及仕途失意的不平之意。

诗歌的第一句"海畔尖山似剑铓"描写登山游览所见的雄奇景色。广西素有十万大山之称，山势雄奇，脊线明显犹如刀剑锋刃一般。然而对于北来的诗人而言，这剑芒似的尖险山峰却是剜心利刀般的存在。尤其是时入凉秋，更让被再次贬谪到荒远之地的诗人产生刺人心腹，愁肠割断的痛楚。永贞革新失败后，革新运动的骨干均被贬谪到边远之地。柳宗元在永州一待就是十年。十年后，他们中的一些人有的已经死在贬谪之地,而柳宗元先被例召回京,紧接着又被外放到更为边远的柳州,政治生涯几近断绝,故而才有了"秋来处处割愁肠"这般痛苦绝望。"若为化得身千亿,散上峰头望故乡"两句,由实见入虚想,描写诗人的心理活动。残酷的政治迫害和艰苦恶劣的边地生活,催生了他对故乡的强烈思念。诗人突发奇想,希望自己能够幻化出千千万万的身体,撒落到每一个高高的山峰顶上,去眺望遥远的故乡。柳宗元精通佛典,同行的浩初上人是龙安海禅师的弟子,诗人自然联想到佛经中"化身"的说法,以表明自己的思乡情切。

这首短小的七言绝句中,浸透着浓厚的佛学印记。柳宗元一生笃信佛教,认为"佛之道,大而多容,凡有志于物外而耻制于世者,则思入焉"(《送玄举归幽泉寺序》)。他曾自言"吾自幼好佛,求其道,积三十年"(《送巽上人赴中丞叔父召序》),他个人非常向往"服勤圣人之教,尊礼浮图之事"的那种亦儒亦佛的生活,故其平生多与僧侣结交,特别是八司马事件后,仕途受挫,宗教更成为诗人重要的心灵慰藉,如《晨诣超师院读禅经》《法华寺石门精舍三十韵》、《法华寺西亭夜饮》《巽公院五咏》和《巽上人以竹闲自采新茶见赠,酬之以诗》等诗作,都是诗人此时生活状况和心境的真实记录。

柳宗元的《江雪》写尽孤独,常被赞誉为"千古绝唱",这首《与浩初上人同看山寄京华亲故》,艺术成就虽不及前者,但孤独之情同样无法压抑,正如宋人蔡启所言:"子厚之贬,其忧悲憔悴之叹,发于诗者,特为酸楚。"

【客】

清涧之曲，碧松之阴。
一客荷樵，一客听琴。

古诗十九首·其十九

［东汉］佚 名

明月何皎皎①，照我罗床帏②。

忧愁不能寐，揽衣起徘徊③。

客行虽云乐，不如早旋归④。

出户独彷徨，愁思当告谁！

引领还入房⑤，泪下沾裳衣。

【注释】

① 皎皎：本义是洁白明亮。此处用引申义，即月光照耀的意思。

② 罗床帏：指用罗绢等制成的床帐。

③ 揽衣：揽，取。此处即披衣、穿衣。

④ 旋归：回归，归家。

⑤ 引领：伸着脖子远望。

【鉴赏】

　　南梁萧统《昭明文选》中辑录的《古诗十九首》，一般认为它并不是一时一人之作，它所产生的年代应当在东汉献帝建安之前的几十年间。所选诗是《古诗十九首》的最后一首，关于这首诗的主题学界有两种解读：一种说法是它塑造了一个久客异乡、愁思辗转、夜不能寐的游子形象；另一说法是它刻画了一个独守空闺的思妇形象。这里取第二种说法。

　　诗歌的前四句叙事，重点描写了女子的行为动作。"明月何皎皎，照我罗床帏"是事情的起因：在夜深人静、万籁俱寂的时候，皎白的月光照进屋子，投射到冰凉的床帐上。"忧愁不能寐，揽衣起徘徊"，月光照射在床帐上也照在女主人公的心上，满怀愁思难以入眠，只好披衣起身，在闺房里独自徘徊。

　　五、六两句"客行虽云乐，不如早旋归"是女主人公心中所想，是她对远行在外游子的心声。你宦游已久，外面的世界虽然新鲜有趣，但怎能比得上家中的安逸，还是早日回家吧！盛唐大诗人王昌龄在七绝名篇《闺怨》一诗中塑造的那个"忽见陌头杨柳色，悔教夫婿觅封侯"的哀怨少妇的形象，似与此诗中的女主人公颇有相近之处。

最后四句"出户独彷徨，愁思当告谁！引领还入房，泪下沾裳衣"，女主人公在屋中枯坐更添烦闷，于是走出闺房来到室外，然而所有的心事还是只能独自消解，此时此刻他也不能真的听见，马上归来。在屋外徘徊许久，忧愁依然不能排解，满腹愁思根本无人可以倾诉，无可奈何，只好又回到屋中，止不住的泪水打湿了衣裳。夜半时分，孤苦的女主人公坐卧不宁，徘徊不定，相思入骨，泣泪涟涟，情感一层层被推向高潮，如泣如诉，感人至深。

这首古诗实际上是一首饱含了深刻情感的叙事诗，全诗讲述了一个相思怀人的特殊场景，充分运用了动作描写和心理描写，将主人公丰富复杂的情感通过人物的动作和心理表现出来，成功地塑造了一个深情动人的文学形象。

汉乐府中有一首题为《伤歌行》（作者不详，一说为魏明帝曹叡）的诗作："昭昭素明月，晖光烛我床。忧人不能寐，耿耿夜何长。微风冲闺闼，罗帷自飘飏。揽衣曳长带，屣履下高堂。东西安所之，徘徊以彷徨。春鸟向南飞，翩翩独翱翔。悲声命俦匹，哀鸣伤我肠。感物怀所思，泣涕忽沾裳。伫立吐高吟，舒愤诉穹苍。"无论从题材内容、写作形式，还是情感表达都与所选诗有相似之处。对比阅读，方可见《古诗十九首》对文学发展的影响之深远。

九日齐山登高

［唐］杜 牧

江涵秋影雁初飞，与客携壶上翠微①。
尘世难逢开口笑，菊花须插满头归。
但将酩酊酬佳节②，不用登临恨落晖③。
古往今来只如此，牛山何必独沾衣④。

【注释】

① 翠微：被青翠山林所掩央的高山。
② 酩酊：形容大醉不省人事。
③ 登临：登山临水或登高临下，泛指游览山水。
④ 牛山：山名。在今山东淄博。典出《韩诗外传》，齐景公登上牛山，感到终有一死而悲伤落泪。后遂以"牛山悲"比喻为人生短暂而悲叹。

【鉴赏】

　　了解此诗的创作背景，先要明确"客"为何人。诗中之"客"，即张祜（约785—约852），字承吉，清河（今河北邢台清河县）人，他家世显赫，为人清高，颇有诗才。张祜被举荐到京城，皇帝召元稹让他评价一下张祜的诗作。元稹说："张祜的诗乃雕虫小技，大丈夫不会像他那么写。若奖赏他太过分，恐怕会影响陛下的风俗教化。"皇上听从了元稹意见，张祜因此不得重用，只好寂寞归乡。当时杜牧当度支使，待张祜十分优厚。杜牧博通经史，年少时已经颇有名气，二十六岁进士及第，早年仕途比较顺利。会昌二年（842年），杜牧被外放为黄州（今湖北武汉新洲区）刺史，两年后又迁为池州（今安徽贵池）刺史，这年四十二岁，诗题中的齐山正位于池州境内。唐武宗会昌五年，张祜到池州拜访杜牧，二人同病相怜，惺惺相惜，遂有此诗。

　　首联记叙作诗的起因：时入秋节，大雁启程南飞，江水倒映着秋日的景象，我和好友就在这样的日子里携手登高同游。一个"涵"字独树一帜，仿佛是江水把秋景全都包容进自己的怀抱中。"与客携壶"是以酒会友，山水俱佳，"有朋自远方来"，心情怎能不愉快呢？

颔联写挚友相见，无论浮世有多少不平，此时就要放下一切，畅意行乐。"尘世难逢开口笑"写出了诗人内心的苦闷。然而也正因为笑意"难逢"，才更显得如今菊花插满头的忘我乐趣分外珍贵。登高插菊虽然是重阳节的习俗，但此时杜牧和张祜二人都已是半百之岁，还能如孩子般尽兴玩耍，实属不易。

颈联还是采用夹叙夹议的手法，前文写"携壶"登高，那自然要尽情畅饮，用酩酊大醉来酬答这佳节良辰，酒醉忘忧，不必再为夕阳西下、人生迟暮而感慨怨恨。菊花满头、酩酊大醉是和好友相聚的欢乐场景，尘世烦扰、落日生愁是现实烦恼，两相对比正是为了更好地表现诗人想要趁着佳节欢聚来抛开世事、尽情欢乐的愿望。

尾联"古往今来只如此，牛山何必独沾衣"借齐景公牛山坠泪，感受到人生无常的典故，安慰自己和朋友，人生短暂，又不只有我们遭受了不平待遇，古往今来皆是如此，还是敞开心扉，及时行乐吧。

喜逢佳节又有故友相聚，本是人生乐事，但又因二人失意的生活境遇而使心情变得十分复杂。故而在这首诗中，既有失落情绪的郁积，也有登高时的欢快，抑郁和欣喜两种情绪始终交缠在诗人心头，于是字里行间始终都可以清楚地感受到诗人心头的挣扎。比起尚有官位的杜牧，不得已隐居自处的张祜的境遇显然更加可叹。杜牧对好友的抱打不平，实际上包含了同病相怜之感。所以诗中才处处流露出力求旷达，彼此安慰的意绪。

早寒江上有怀

[唐] 孟浩然

木落雁南度^①，北风江上寒。
我家襄水曲^②，遥隔楚云端^③。
乡泪客中尽，孤帆天际看。
迷津欲有问^④，平海夕漫漫^⑤。

【注释】

① 木落：树木的叶子落下来。
② 襄水曲：在汉水的转弯处。襄水，汉水流经襄阳（今属湖北）境内的一段。曲，江水曲折转弯处，即河湾。
③ 楚云端：长江中游一带云的尽头。
④ 迷津：迷失道路。津，渡口。
⑤ 平海：宽广平静的江水。

【鉴赏】

　　唐代著名的山水田园诗人孟浩然（689—740），名浩，字浩然，号孟山人，襄州襄阳（今湖北襄阳）人。他曾宦游长安，应进士举落第，唐玄宗开元二十五年（737年）被张九龄招致幕府，不久便归隐，最终病逝于家乡襄阳。孟浩然曾分别于唐玄宗开元十五年和开元十七年至开元二十一年年间，两次到长江下游及吴越地区漫游。从诗的内容上来看，这首诗大约是作于这期间的某一个秋天。早秋时节，诗人漫步于江边，睹物伤情，不免勾起无限乡愁。

　　首联写景。"木落雁南度，北风江上寒"，诗人敏锐地抓住了时令景物的特征，言明季节是寒秋。树叶日渐掉落，北雁南飞，江上刮起了北风，带来无限凉意，这就是题目中所谓的"早寒"。木叶意象最早见于屈原《九歌·湘夫人》："帝子降兮北渚，目眇眇兮愁予；袅袅兮秋风，洞庭波兮木叶下。"木叶即树叶，在古典诗歌中一般则特指秋天的落叶（如本诗中的"木落"）。从南朝谢庄的"洞庭始波，木叶微脱"（《月赋》）到王褒的"秋风吹木叶，还似洞庭波"（《渡河北》），从唐人沈佺期的"九月寒砧催木叶，十年征戍忆辽阳"（《古意》）到杜甫的"无边落木萧萧下，不尽长江滚滚来"（《登高》）。秋寒霜冷，花卉植被纷纷凋谢零落，给人以压抑落寞之感，飘零的树叶最终成为悲秋主题的代表意象。诗人身处于这样的环境中很容易引发悲秋之情，由此起"兴"，自然而然地引出了颔联对家乡的回想。汉水在襄阳一带河道曲折蜿蜒，所以诗人称其为"曲"。"遥隔"表明家乡之远，"楚云端"则说明地势之高。曲折高远，家乡是那样可望而不可即。

颈联和尾联抒情。"乡泪"二字直言诗意——思乡，而"客中尽"的"尽"字则把这种感情推向顶点。"我"想要回归故乡，却不知去何处打听那迷离不知在何处的渡口，夕阳西下，江水漫漫，孤帆远影，自向天际。"迷津欲有问"，这里借用《论语·微子》种"孔子使子路问津"的典故。故事中的长沮、桀溺是出世的隐者，而孔子是积极入世之人。子路问津，长沮、桀溺非但不说渡口所在，反而嘲讽孔子劳劳碌碌，奔走四方，继而引出了孔子的一番慨叹。这个典故讲述的是隐居和从政之间的冲突，这既是古代文人普遍的人生矛盾，也正是孟浩然自身的选择困境。由是可见，诗人在此诗中思乡，并不是单纯的对故乡的惦念，更多的是对自己人生际遇的表达。

竹枝词二首·其二

［唐］刘禹锡

楚水巴山江雨多①，巴人能唱本乡歌②。
今朝北**客**思归去③，回入纥那披绿罗④。

【注释】

① 楚水巴山：泛指巴蜀一带。楚水，泛指古楚地的江河湖泽。巴山，大巴山。
② 巴人：古巴州人。
③ 北客：北来之客，此为作者自指。
④ 纥那：踏曲的和声。绿罗：比喻绿水微波。

【鉴赏】

竹枝词，是一种由古代巴蜀民间的民歌演变过来的诗体，它以歌咏风土人情为特色，有很强的地域文化特征。其歌声高亢激越，"聆其音，中黄钟之羽，其卒章激讦如吴声"（刘禹锡语）。竹枝词演唱时，表演者往往伴有舞蹈，并用鼓和短笛等乐器伴奏。还有赛歌等形式，谁唱得最多，谁就是优胜者。唐穆宗长庆二年（822年）至长庆四年，刘禹锡任夔州（今重庆奉节）刺史，他非常喜爱这种民歌形式，于是仿效屈原，采用了当地民歌的曲谱，制成全新的《竹枝词》，他亦是首位将《竹枝词》改编为文人诗的诗人，因而对后世有较大影响。他先后作有十一首《竹枝词》，本诗即是其中之一。

首句"楚水巴山江雨多"叙写巴蜀一带的自然环境恶劣，生活艰苦。刘禹锡任刺史的夔州城位于长江上游，瞿塘峡口，地势险要，是山势险峻、水流湍急、潮湿多雨之地。刘禹锡因参与王叔文派政治革新案，接连被贬官外放，先后远谪远州（今四川茂县）、朗州（今湖南常德）、连州（今广东连州）、夔州等地长达二十余年。长久的贬谪生活，对于心怀远大抱负的诗人来说不可谓不是沉重的打击。次句"巴人能唱本乡歌"表面上是赞赏夔州当地的乡民能歌善舞，十分擅长演唱本地民歌。但若联系前一句所描绘的凄苦场景，这一句实际上是诗人因巴人乡音想到了自己远离故乡的处境，就好像"每逢佳节倍思亲"一样，巴人的歌唱伴随着险山恶水，对诗人而言更是雪上加霜。

第三句"今朝北客思归去"道出全诗的主旨"思归"，刘禹锡是河南洛阳人，故而自称"北客"。第四句"回入纥那披绿罗"，"纥那"即踏歌和声的意思，这里当是意指诗人家乡的乡音民歌。诗人的思绪由巴人之歌想到了家乡之歌，想象着家乡的乡亲们身披绿色绮罗踏歌而舞，只有那里才应该是诗人最终的归宿。

竹枝词由民歌演变而来，故而民间的口语、俚语皆可入诗，写作时极少征引典故，辞意浅显，口语话的特征使它读起来朗朗上口。清代王世祯就在《师友诗传录》中指出："竹枝稍以文语缘诸俚俗，若太加文藻，则非本色矣。"刘禹锡从夔州当地民歌中汲取创作素材，创作出一系列别具一格的民歌体诗歌，彰显出雅俗共赏的美学意义。

刘禹锡后，文人写作竹枝词亦成为一种文学风尚。除刘禹锡外，像白居易"瞿唐峡口水烟低，白帝城头月向西。唱到竹枝声咽处，寒猿暗鸟一时啼"，黄庭坚"浮云一百八盘萦，落日四十八渡明。鬼门关外莫言远，四海一家皆弟兄"，李涉"十二峰头月欲低，空聆滩上子规啼。孤舟一夜东归客，泣向东风忆建溪"，郑燮"水流曲曲树重重，树里春山一两峰。茅屋深藏人不见，数声鸡犬夕阳中"：这些作品都已经融雅入俗，表现出别具韵味的文学气质。

别 云 间

[明] 夏完淳

三年羁旅客①，今日又南冠②。

无限山河泪，谁言天地宽。

已知泉路近③，欲别故乡难。

毅魄归来日④，灵旗空际看⑤。

【鉴赏】

夏完淳（1631—1647），松江府华亭县（今上海松江）人，明末诗人。他的父亲夏允彝是明末江南名士，老师陈子龙是抗清将领。崇祯初年，夏允彝与同郡陈子龙、徐孚远等人结成"几社"，主张文学创作要立足现实，反映民生。清兵南下时，夏允彝与陈子龙等人更起兵抗清，兵败后投水殉节。夏完淳自幼聪慧机敏，"五岁知五经，七岁能诗文"。他深受父亲和恩师的影响，十四岁从军抗清，十六岁兵败被俘，不屈而死。上海松江区古时称作"云间"，是诗人的家乡，顺治四年（1647年），他在这里被逮捕。《别云间》就是诗人在被押解送往南京前，临别松江时所作之诗。

首联直言"别云间"的原因：诗人十四岁跟随父亲夏允彝、恩师陈子龙起兵抗清，到此时被俘时近三年。这三年间，诗人曾辗转多地展开艰苦卓绝的抗清斗争。"南冠"语出《左传·成公九年》，史载："晋侯观于军府，见钟仪，问之曰：

'南冠而絷者，谁也？'有司对曰：'郑人所献楚囚也。'"后人遂以"南冠"代称囚犯。然而，在"南冠楚囚"身上体现出来的不仅是身份处境，更有忠君爱国、仁义无私的高尚精神品质。诗人的"今日又南冠"，既有对自己囚徒处境的表述，也有对自身理想的剖白。诗人因"囚"而作诗，却不因"囚"而困顿，因"囚"而绝望。

　　颔联"无限山河泪，谁言天地宽"抒发诗人身陷敌手，复国理想终成泡影的满腔悲愤。山河破碎，满目衰颓，生灵涂炭，国已不国，面对这一切，诗人心底深沉的哀恸终于化作一声声"谁言天地宽"的诘问。

　　颈联"已知泉路近，欲别故乡难"是诗人对自己未来命运的清醒冷静的陈述。既已被敌人俘虏，委曲求全、背弃自己的理想是绝无可能，未来他面对的除了死亡已别无他想，难以割舍的只有故乡和亲人，难以磨灭的是国恨和家仇。

　　尾联"毅魄归来日，灵旗空际看"立诗人不死之誓言。诗人因"已知泉路近"，早已做好了牺牲的准备，但死亡不能带走他复国的志向，生前未能完成大业，死后也要亲眼看到后继者们恢复明朝江山。诗人在死前发出这样掷地有声的铿锵誓言，鲜明昭示出自己坚贞不屈的战斗精神、誓死卫国的赤子之心。

　　这首诗某种意义上讲也可以看作是一首诀别诗，诗中表达的是对山河沦丧的满腔悲愤，对故园亲人的深深眷恋和对国家大义的坚定信仰。

夜书所见

[宋] 叶绍翁

萧萧梧叶送寒声①，江上秋风动客情②。
知有儿童挑促织③，夜深篱落一灯明④。

【鉴赏】

　　叶绍翁（生卒年不详），字嗣宗，号靖逸，龙泉（今浙江龙泉）人，南宋诗人。他本姓李，后因受祖父李颖士牵连，家道中衰，很小的时候就被过继给龙泉叶氏，改姓为叶。他身世坎坷，仕途不顺，故而长期隐居在钱塘西湖之滨，与友人互相酬唱，聊度时光。这首诗是叶绍翁在异乡触景生情之作，以儿童夜捉促织的乐景反衬了诗人自己客居他乡的悲愁心情。

　　季节风物的变换，最容易勾起旅人的乡愁。开篇第一句诗人看到萧瑟的秋风吹动梧桐树叶发出沙沙的声响，为游子心头平添阵阵寒意。草木凋零，西风寒凉是秋天典型的景物特征。这一句的与众不同之处在于"送寒声"的"寒声"二字。何为"寒声"？朱邺的《扶桑赋》中言，"巨影倒空而漠漠，寒声吹夜以飂飂"；杨万里《霰》诗曰，"寒声带雨山难白，冷气侵人火失红"；袁枚写《赤壁》之诗，"我来不共吹箫客，乌鹊寒声静夜闻"；高適作《燕歌行》云，"杀气三时作阵云，寒声一夜传刁斗"。可知"寒声"乃是寒凉秋节的特定声响，它可以是秋风的呼啸之声，可以是秋雨的淋漓之声，可以是秋鸦的凄厉之声，甚至可以是凄凉的人声人语。"寒声"二字，将读者听觉上和触觉上的感受融合在一起，仿佛那刺骨的寒气不仅激起肌肤的战栗，更穿透耳膜直达灵魂，在反衬出秋夜的寂静的同时，更渲染了环境的凄冷。第二句"江上秋风动客情"，寒凉秋风穿过树梢，掠过江面，同时也拂过身在异乡的诗人心头，因此触动了思乡之念。此时诗人耳闻秋风之声，身感秋风之寒，深深触发了羁旅行客的孤寂情怀。

三、四句描绘了儿童挑促织的生动场景。挑促织、斗蛐蛐是民间孩童的日常游戏。《诗经·唐风》有一篇《蟋蟀》："蟋蟀在堂，岁聿其莫。今我不乐，日月其除。无已大康，职思其居。好乐无荒，良士瞿瞿。"这个小小昆虫标示着秋天的到来，丰富了枯燥的日常生活，暗示了光阴的局促，勾起了心头无限的感伤。词人姜夔有一首"仰见秋月，顿起幽思"之词《齐天乐·蟋蟀》，词中"笑篱落呼灯，世间儿女"两句，所记场景与此十分相似。柴扉紧扣，夜深不寐，窗前一灯如豆，诗人不禁联想起自己年幼时和小伙伴们斗蛐蛐的快乐时光。表面上这些内容似乎与"客情"无关，实际上诗人是在用儿童的快乐反衬自己的悲愁，用昔日的相聚反衬自己的孤独。

诗人客居异乡，静夜感秋，写下了这首情思婉转的小诗。很多的诗人都写过这类思乡诗，叶绍翁的这一首《夜书所见》并没有直接点明自己内心的忧愁，而是以秋风、梧桐、促织等具体事物来烘托秋的境界、愁的氛围，意蕴远淡，遐思无垠。

琴 歌

［唐］李 颀

主人有酒欢今夕，请奏鸣琴广陵客^①。
月照城头乌半飞^②，霜凄万树风入衣。
铜炉华烛烛增辉，初弹渌水后楚妃^③。
一声已动物皆静，四座无言星欲稀^④。
清淮奉使千余里^⑤，敢告云山从此始^⑥。

【注释】

① 广陵客：本指嵇康，因其古琴名曲《广陵散》。此处泛指弹奏的乐师。
② 半飞：分飞。
③ 渌水、楚妃：都是古琴曲。
④ 星欲稀：后夜近明时分。
⑤ 清淮：淮水。奉使：奉使命。时李颀即将赴任新乡尉，新乡临近淮水。
⑥ 敢告：敬告。云山：层云之处的深山，远离尘世，隐者所居，代指归隐。

【鉴赏】

　　李颀（？—约753），字、号不详，祖籍赵郡（今河北赵县），长期居住颍阳（今属河南登封）。唐玄宗开元二十三年（735年）登进士第，此后做过一些小官，不久去职隐居，有时来往于洛阳、长安之间。一般认为这首诗是唐玄宗天宝四载（745年）前后，即将奉命出使清淮（今江苏淮安），在友人饯别宴席上听琴后所作。全诗将时间、风景、琴曲、诗情，融为一体，动静结合，虚实相生，生动形象地表现了琴歌之美和音乐神奇的感染力。

　　一、二句交代听琴的缘起和环境。主人举办宴会邀请众人欢度良宵，觥筹交错之间，主人请出一位琴师，邀请他为众人弹一支曲子助兴。这两句重点在于这个"欢"字，渲染了宾主之间推杯换盏、其乐融融的热闹气氛。原本应该是一场欢聚，但三、四句突然语义一转，没有描写怎样"欢今夕"，反而改写夜景：窗外一轮寒月映照在空旷的城头，幽深的森林不时飞出几只惊惶的乌鹊，银霜满树，寒风刺透衣衫，诗人描绘出一幅萧瑟的冷秋夜景，渲染出了空旷孤寂的氛围。这沉重的景色描绘，实际上是在为下文做铺垫，同时也可知琴师所演奏的也定然不是热闹的欢乐颂，而是深情婉转的曲调。

"铜炉"后四句，诗人的笔触又转向琴师演奏，众人听琴的场景。精致的铜炉里燃烧着精美的蜡烛，为这场宴会增添了不少温暖的气氛，这一句承接首句"欢今夕"，表明酒宴已入高潮。琴师在此时登场献艺，成为了全场的焦点。他弹奏了《渌水》和《楚妃》两首曲子：《渌水》清心怡情，《楚妃》深情缠绵。琴弦拨动，万籁俱寂，满座为之陶醉，大家似乎已经忘记了现实，不知不觉中夜空中星星越来越少，天就快亮了。七、八句从听者反应的角度写演奏者的高超技巧。在这曼妙琴音的洗涤下，人们似乎忘记了时间，聚会也将近尾声，朋友的相聚实在是太短暂了。

结尾两句"清淮奉使千余里，敢告云山从此始"，诗人由琴音联想到了自己，即将离家万里，归乡之日却遥遥无期，不禁心生悲凉。尤其在他听了琴歌之后，顿觉仕途之累令人厌倦，从而萌生了归隐之心。

古琴，也是古典诗歌中的代表意象之一。《淮南子》有言"乐听其音则知其俗，见其俗则知其化。孔子学鼓琴于师襄，而谕文王之志，见微以知明矣。延陵季子听鲁乐，而知殷夏之风，论近以识远也。"古人认为音乐具有沟通天地，教化生灵的神圣作用。那么作为"音乐"的物质载体，"琴"也就拥有了超然的文化意义。先师孔子琴艺娴熟，汉魏名士如司马相如、蔡邕、嵇康等人都以善琴著称。唐宋以降，李白、韩愈、白居易、张祜、苏轼等大诗人，更曾为琴写下了很多不朽诗篇。在文学的视域下，琴既是乐器，又是技艺；既是音乐，更是情感（琴谐音"情"）。